俳句で夜遊び、はじめました

岸本葉子

朔出版

俳句で夜遊び、はじめました

目次

I

Ⅱ

装画・挿絵　蜂谷一人
装丁　奥村靫正／ＴＳＴＪ

俳句で夜遊び、はじめました

I

イケナイ世界へ第一歩

ヨギンは夜吟

「ヨギンをときどきしているのよ」

対談でお会いした西村和子さんが、話の後でおっしゃった。

ヨギン？　頭の中で漢字を探す。予《あらかじ》め吟ずる、余韻を吟ずる……四人で吟ずる？

正解は夜吟。夜の吟行句会である。昼間の吟行句会には、仕事や家の都合などでなかなか出られない人がいる。その人たちが月一回、平日の夜に都心で集まるという。

それって可能？

私は俳句を作りはじめて五年半。自然豊かな環境に比べ、街は季節を感じる事物が少ないと思っている。歳時記に載っている風物の八割くらいは、見たことも聞いたこともない。

この一年は都心や近郊を吟行し、寺社や公園、キャンパスなどを訪ねたが、それも昼間。ネオンきらめく夜の巷《ちまた》に、句の題材になるものがあるのだろうか。

「意外とあるのよ。その気になれば」

謎めいた笑みを浮かべる和子さん。

次の回の場所はもう決まっているという。上野の国立西洋美術館。ふだんは午後五時閉館（夏期は五時半）だが、金曜は八時まで延長となる。夜間開館の動きは、上野に限らずあちこちの美術館で起きているらしい。仕事が終わるとまっすぐ帰宅、夜出歩くとしても家の近くのコンビニかジムか、せいぜいツタヤという私は、そんなことすら知らなかった。

夜吟とはいかなるものか。百聞は一見にしかず。突然ながら行ってみることにした。

皆さん各自で美術館を吟行し、句会場に直接集合するそうだ。不案内な私は、和子さんと、会のとりまとめ役である高橋桃衣さんと、吟行からご一緒する。美術館にはロダンの彫刻のある庭があるそうなので、まずそこへ。

夜の庭なんて、響きからしてロマンチック。舞踏会を抜け出した二人が落ち合って、囁《ささや》きを交わす……って、どれだけ少女趣味なのか。私の精神年齢、十四歳で止まっている。

三人で庭へ来たのは午後六時十五分。すでに日はとっぷり暮れている。おお、あれが彫刻か。黒々した影に歩み寄り、危ない、段差につまずきそうに。

「五七五にならなくても、断片でもメモしておくといいわよ」

和子さんの声がして、ジャポニカ学習帳を取り出す。縦罫の国語のノートで、吟行にはいつも持ってくる。が、いきなり昼間の吟行との違いに直面。暗くて自分の書く字が見えないのだ。せめて月が出てほしい。もっと光を！

昼間にはない必需品

桃衣さんはペンライト……ならぬライト付きペンで銅像の台座を照らし、作品名を確認していた。あれは今後、必需品だな。昼間の吟行とは、持ち物も変わってきそう。判読できる字になっているかはわからぬが、とりあえずノートに書き留める。

六時半に館内へ。コインロッカーに荷物を入れて、七時四十五分にそこで待ち合わせることにした。館内ではミケランジェロ展を吟行する。

夜間の見学者は思いの他多い。仕事帰りなのか、スーツにショルダーバッグを提げた男女が、展示物を取り囲んでいる。背中の間から覗き込んだり、肩の上へ伸び上がったり。ミケランジェロの肖像画、紋章入りの皿、自筆の手紙、墓碑銘として贈った四行詩。絵や彫刻の習作や建築物の図面もあった。

いちばん混んでいるのは、システィーナ礼拝堂関連の一角だ。大聖堂、天井画、旧約聖書、創世記、最後の審判などの言葉をとりあえずメモする。礼拝堂内の動画の上映もあり、十分間そこで費やしてしまった。前の方に座ってスクリーンを見上げ、終わると首が痛くなっていた。ミケランジェロは十分どころか何年も天井を仰ぎ続けて描いたのだ。

ロビーへ出て休息する。七時二十五分。残り時間をメモの整理にあてる。歳時記と電子辞書は、ここではじめて取り出した。

連れ立って美術館を後に。闇の中に銀杏の匂いがする。月のない夜空が恨めしい。木々は色なきシルエット。紅葉とか黄葉とか言うわけにはいかないのでしょうね？　使える季語が限られる。「秋の宵」ばっかりのわけにもいかないし。いざとなったら　見えない花を咲かせるか。煩悶《はんもん》を抱きつつ、上野駅前の雑踏を、句会場へと移動する。

ビルの階段を地下へ降り、ドアを開けるなり、喧噪《けんそう》が耳に飛び込んできた。そこはビヤホールのチェーン店。もしかして句会場はここですか？　透明の引き戸で仕切られた宴会スペースが奥にあり、先に立つお二人は、迷うことなく進んでいく。椅子の背のはし同士前後に重なるほど詰め合って、十五名がすでに席に着いていた。

ビールが運ばれ、まずは乾杯。仕切りのすぐ向こうでも、ネクタイを緩めた人々がジョッキを掲げ、気勢を上げている。

「個室だから今日は静かね」

と和子さん。耳を疑う。これで静か？

夜に集まれて、事前にご飯を食べる暇なく駆けつけた皆さんが、小腹を満たせるところというと、句会場は居酒屋となる。個室でなく、ふつうの席のただ中で行うこともあるそうだ。桃衣さんが言うには、

「最初は周りがうるさいなって思うけど、最後は私たちがいちばんうるさくなってるの」

この一年出ていた昼間の吟行句会は、貸会議室が基本であった。雰囲気のあまりの違いに、驚きを隠せない。

ビールを飲み干し、サワーを注文する人。サラダを取り分けはじめる人。「あの、投句はこれからですよね」と確かめる私の小声はかき消され……、「〇〇さん、まめね」「あの人チーママ、私わがまま」「僕、ありのまま」。冗談を言っている。なんたる余裕！

投句締切は三十分後。ひとり十句までだが、たいてい皆さん、十句めいっぱい出すという。私はまだ半分くらいしかできていない。場違いなジャポニカ学習帳を開き、受験以来の集中力を振り絞って、五七五にする。

虫の夜のブロンズ像の身じろがず　＊

邯鄲やブロンズ像の足の爪＊
銅像のアキレス腱に月の影＊
月明に銅像の腕よぢれたる
銅像の台座を廻り秋の宵＊
秋澄めりマヨルカ焼の瑠璃の色
金木犀墓に刻める四行詩＊
秋深し素描の男うつむける
習作の線の細かに秋の宵＊
秋麗や油彩画の肌ひび割れて
サフランや裸体ひしめく天井画＊
殉教といふ死ありけり花カンナ＊
絵画見て銀杏黄葉の中にゐる
歩み来て十月の美術館＊
銀杏のにほへる夜となりにけり＊

＊印の十句を投句した。書き終えて顔を上げれば、すぐ前に牡蠣フライのタルタルソー

スの輝きが。いつの間に配られたのか。視野が極度に狭くなっていた。

居酒屋句会の仕方とは

ここで居酒屋句会の仕方を紹介しよう。投句は、一枚の紙に十句まとめて書く。番号を紙に振ったら、ただちに回して、選句開始。通常の句会では、投句をいったん集めてから混ぜ合わせて配り、別の紙に書き写す「清記《せいき》」というプロセスがあるが、ここではそれを省くのだ。誰の句かわからなくして選ぶという句会の原則から、厳密に言えば外れるが、少々イレギュラーなかたちであっても、限られた時間内で吟行から句会までを行う。吟行だけして「では皆さん、後日の句会までに作っておきましょう」だと、忙しさにとりまぎれ絶対作らないから、とにかく「その日のうちに作る」ことを最優先にするのである。

一枚のうち二、三句、いいと思った句の下に、選んだ人の俳号を略して記す。自分の句のどれかに必ず点が入るわけで、これまた一般の句会とは違うが、続けるモチベーションになるだろう。

誰がどの句を採っているかはわかってしまうが、他人の選にまどわされないのが大事。紙は次々回ってきて、ノートに書き写す暇はない。しまった、紙の角にタルタルソースが。

回ってくるうちに、しみは増える。それも居酒屋句会の醍醐味か。一周し、自分の紙が戻ったところで、選句終了。

選評は、ふだんは各自が最多得点句を発表して合評する。指導者である和子さんも参加の今日は、紙を和子さんのところに集め、一枚につき一句、もっともよいと思ったものを読み上げコメントしていただく。私の句では、

銅像のアキレス腱に月の影　　葉子

月は出ていなかったが、それくらいの嘘は許されるそうだ。

他の人の句をいくつか紹介すると、

ミケランジェロにわしづかみされ秋の暮　　誠夜

和子さんの直し後は、

秋の暮ミケランジェロにわしづかみ

天才のうめき声聞く美術の秋　　眞麻

同じく直し後、

天才のうめき声聞く館秋

直しの入らなかった句からもひとつ紹介する。

秋深しミケランジェロをそねみたり　　鬼一郎

いずれも生身のミケランジェロを感じている。ミケランジェロ展を見るとはそういうことであり、ミケランジェロ展の吟行句らしい。特に最後の「そねみたり」。作者いわく、「同じ人間なのに、絵画に彫刻に建築になんでこんないろんな才能があるんだろうって」同じ人間という把捉は、時空を超えてミケランジェロに近づいていること。それをまた自分と引き比べて「そねむ」ところが大胆というか図々しいというか。そこまで言っていいのだ。対して思い切りが悪く、小さくまとまり、羽目を外せない私。俳句においても夜遊びでも。

続けられるわけ

八時開始で十時に終了。個室の予約が二時間単位だから、それ以上延びることはないのだ。なんという効率。それでいて充実感もある。

「これに慣れると、ふつうの飲み会が物足りなくなる」

と女性参加者。わかる気がする。

参加者の昼間の顔は、学校の先生、主婦、病院受付、経理事務、社長、ダンス教師などさまざまだ。皆さん、居酒屋で行えるようアレンジした仕方ではない句会も、もちろん経験している。そもそもは和子さんが指導していた夜の初心者クラスの同級生という。そのときはもっぱら当季雑詠。三年で修了したが、吟行をしたいという声が上がり、クラスに通っていた夜の時間ならできるのではと、この方法をとってみて丸三年続いているそうだ。

別の女性参加者は、

「この会のおかげで、夜の東京を知ったわ。それまでは銀座、赤坂、六本木くらいしか知らなかったのよ」

えーっ、その三つすら私、知らないんですけど。この年で清純派ぶるわけでもないが、仕事以外で日没後の都心にいることのない生活なのだ。

イケナイ世界に足を踏み入れつつあるのかも。

赤坂で午前様

キャラクターの濃い面々

俳句で夜遊び、二回目は星野高士さんの「かぞの会」におじゃまする。場所は、なんと赤坂とのこと。日没後の都心に仕事以外でいることのない私が、二回目にして夜遊びの牙城、赤坂へ。だいじょうぶか。しかもメンバーは事前に聞いているだけで、日本文学研究者ロバート・キャンベルさん、世界的なＣＭディレクター中島信也さん、お名前までは伺っていないが女優、落語家、ラジオパーソナリティー、デザイナー、広告関係等々と、キャラクターの濃そうな面々揃い。だいじょうぶか。

夜七時前、赤坂見附駅から地上に出るなり、わが家のある住宅地とは比較にならない光量に圧倒される。右に左にネオンの看板。店へはどの角を曲がるんだっけ。立ち止まればたちまち人に押されて車道へはみ出て、タクシーと接触しそうに。繁華街の歩き方が身についていない。

赤坂不動の奥へと入る。鳥居の赤が色っぽい。たどり着いた先は、竹藪《たけやぶ》に囲まれた隠れ家ふうの店。いかにも通《つう》が好きそうな。

説明が遅れたが、今回は吟行はせず句会のみ。前もって出された題で作る兼題と、当日その場で出される席題で計六句を出す。兼題は「神の留守」「大根」「銀杏一切」。席題でできなかったときのため、兼題で六句作ってきた。

板戸で仕切られた個室に、テーブルが囲炉裏のようなロの字に配置されている。出席者は私を含め十五名で、七時頃から集まりはじめるそうだ。「仕事があるからどうしても夜の句会になるね」「夜の苦界?」「そりゃ吉原だよ」。男性方のアダルトな会話。ジャポニカ学習帳を出せる雰囲気ではなく、表紙を内側に隠して二つ折りした。

「席題はいつ発表されるんでしょう?」

それが目下のいちばんの関心事。高士さんいわく、

「紙が来てから」

紙?

「締切は何時でしょう?」

「顔で決める」

顔つきや挙動の不審な人が出はじめたら集めるそうだ。はじめての私には不可解な要素が多い。メンバーが揃い、お酒の注文をとりまとめている。「生ビールの人、赤ワインの人、白ワインの人」。ここで「ウーロン茶」は雰囲気を壊すだろうと、意を決し白ワインに挙手。だいじょうぶか。不安だらけなのだった。

高士さんが半紙に筆ペンで「席題　板」と書いて壁に張る。紙とはこれか。

席題発表後も、座は賑やか。「岸本葉子さん、神奈川県鎌倉市生まれか」。スマートフォンで私の経歴を調べて読み上げている人も。まだ順応できていない私は落ち着きなくグラスを口に運んで、このペースで飲んでは危険と判断。水を頼んで、体内にてアルコール濃度を薄める。

周囲の音をシャットアウトし、「板」のつく語をノートに書き出す。俎板《まないた》、板場、板の間、床板、はめ板、板塀、看板。並んだ語をじっと眺める。ジャポニカ学習帳はいつの間にか堂々と表紙を出して立てていた。

席題でなんとか二句でき、兼題で作ってきた六句を四句に絞る。このメンバーでは大人しい句は埋もれてしまいそうで、＊印の二句を落とした。顔ぶれにより出す句を決めるなんて、いけないのだろうけれど。

板塀に十一月の日の当たる
俎板に丈の余れるふぐとかな
掃き寄せてかばかりの塵神の留守
首ねつこつかみて洗ふ大根かな
息つめて大根一刀両断す
旧スターリン通り銀杏の散り敷きぬ
傘立てに杖の一本神の留守　＊
銀杏落葉幹の高さに空のある　＊

真剣に遊ぶ

ともかくも六句を揃えて安堵。座に加えてくださったのに、話しかけないで！　というバリアを張っていて感じ悪かったかなと、「すみません、つい真剣になってしまって」と謝れば、テーブルのあちこちから掛け合いのごとく「私も真剣」「真剣に遊ぶ」「遊びだからこそ真剣」と。いやー、皆さんキャッチーなフレーズが上手いんだから。「遊びは真剣、仕事はほどほど」と締める人。いやいや、また悪ぶって。仕事も真剣だからこそ、その世界のプロであり続けていらっしゃるんでしょうに。

いよいよ投句へ。夜遊び二回目で知った。居酒屋句会の進め方はひとつではなかった。この会の特徴は半紙と筆ペンを使うこと。

投句は半紙を切った短冊に筆ペンで。それだけで少し改まった気分になり、新鮮。テーブル上を謎の箱が回ってきた。和紙でできた四角い箱で、そこへ短冊を四つ折りにして入れる。集まったところで、高士さんがかき混ぜ六枚取る。スピードくじのようでもある。各自六枚ずつ取って清記（各自、自分の清記用紙に短冊の句を書き写す）。清記も半紙に筆ペンだ。選句もまた半紙に筆ペンで、予選も含め全部書く。お習字の稽古になりそう。六句選、うち一句特選。誰かが集めて披講《ひこう》するのではなく、各自が読み上げるらしい。

選をしながら思っていた。器用にまとめられたフレーズは意外なほどなく、与えられた題と、皆さん格闘しているようす。詠みだけでなく、読みにおいても同様だ。披講の際、特選の句については選評を述べるが、選評を聞いてもそう感じる。

柏手をひときわ高く神の留守　城春

「神の留守」はいくらでも俳句っぽく作れる季語だが、お参りする気持ちを正面から詠んだのがいいと。

古井戸のまた覗かれて神の留守　　高士

古井戸と神の不在との取り合わせがいい。神がいないから無遠慮に覗き込む、そしてもしかするとそこに神がいるんじゃないかとも思わせると。

いずれも俳句らしさや季語についての考えを巡らせながらの鑑賞だ。

選句の間は、なおも賑やかな座の雰囲気に、私は内心、喋《しゃべ》りながらで句を読めるのだろうかと思わなくもなかった。が、その思いを撤回しよう。そしてその問いを向けるべきは自分であった。

岸沿ひに舟の出て行く神の留守　　高士

他ならぬ私への挨拶句なのに、挨拶されている当の本人が採れなかったとは。句を読めていない！

私の句は、高士さんの特選八句に次の三句が入った。

掃き寄せてかばかりの塵神の留守　　葉子

首ねっこつかみて洗ふ大根かな　葉子

板塀に十一月の日の当たる　〃

総評として今回の兼題「神の留守」について高士さんが話された。俳句に易しい季語はないが「神の留守」は特に難しい。俳句はなるべく意味を持たぬよう、さらりと作るのがいいけれど、「神の留守」は人事的な背景があり、それ自体意味を持つ季語。残る十二音に何をつけるか。高士さんの特選、

神の留守アメリカへ立つ姉の部屋　沙絵

この季語でアメリカの出てくる句を読むのははじめてだが、姉への愛情といなくなる空虚感がよく表れ、「神の留守」と合っている。この句を採った人は他にいなかったが、自分は採ることができてうれしいと。

「奇抜な句でも花鳥諷詠はできます。季語が効いていれば」という言葉が印象的で、しかとノートに書き留めた。

仲間からのパワー

店を出るともう十一時過ぎ。「これから三、四十分、行く人ー」と高士さん。これから!? 最低限の三十分でも、郊外の家に着く頃は午前様になること必至。夜遊び二回目にして早くもそれでいいのだろうか。終電って何時だろう。タクシーで深夜料金では、家までいくらくらいかかるのか。遅くまで外にいることのない私には、見当がつかない。

キャンベルさんの知っているワインバーに行くという。キャンベルさんはたしか早起きと、さきほど句会で聞いた気が。忙しいときは五時頃から一日をはじめないと仕事が間に合わないと。

「私は夜はむさぼるんです」

とキャンベルさん。むさぼる！ そのひとことに私も腹を括《くく》った。行きましょうぞ、二次会へ。

ネオンの怪しく輝く通りを、ゆるやかな縦の列をなして移動。はぐれぬよう、キャンベルさんの靴の踵《かかと》を踏みそうな距離でついていく。振り向けば後ろを歩いてくる皆さん、体の軸が微妙に揺れている。ほろ酔い加減、というやつか。

ワインバーは、暗い洞窟ふうの店を想像していたら、意外に明るく整然としていて、短冊を配ればもう一度句会をはじめられそうなところだった。場所を移しても、話題は俳句。皆さん、ほんとうに好きなのだ。

「かぞの会」の成り立ちは、そもそもは二十数年前、銀座の料理屋での句会にはじまる。やがてメンバーが増え、同じ会社の人も加わると、仕事上の話や人間関係がどうしても入ってくる。そこで分かれて派生したのが「かぞの会」。十四、五年続いているという。

「皆さん、よく月一回集まれますね」

と私が言えば、たしかにスケジュールを合わせるのは難しく、出席者の都合を優先して次回の日取りを決めている。そのため一度休むと一年も二年も欠席になることもあるそうだ。逆に言うと、優先権を争ってまで出たいのはなぜだろう。実はそれが最大の疑問なのだ。忙しい皆さんが、わざわざ時間を割《さ》いて、翌朝がつらくなるにもかかわらず、なぜ句会？　それぞれのジャンルで充分評価を受けている人たち、今さら句会で人に句を採られたところでうれしいのだろうか、とも。

その核心部に触れると思える話になり、私は思わずグラスを押しのけ、ノートを広げた。

「出ました、深夜のジャポニカ！」高士さんのかけ声が。

キャンベルさん、信也さん、異口同音に述べたのは、貯金がきかないこと。それまでしてきた勉強も積み上げてきた業績も、句会では毎回毎回ゼロにしてのスタートだ。句会の匿名性《とくめい》は、ほんとうによくできたシステム。詠み手の名称も属性もついていない五七五そのものをその場に出し、共感されたり、読み手にもあるイメージが立ったりという手応えが、刺激的だと。高士さんの言うには、俳句は陳腐な世界に行ってしまいがち。それを引き上げるにはたいへんなパワーが要るが、よき句会の仲間はそのパワーになると。

「真剣に遊ぶ」は単なるキャッチーなフレーズではなかった。その言葉が表す内容を感じとれた赤坂の夜。家に帰り着いたのは午前二時だった。

お年玉付き新年句会

正月らしく、のどか

はじまりの季節に合わせ、新年句会に行ってみたい。夜遊びという趣旨から、夜限定で。細谷喨々《りょうりょう》さんの「けらの会」の一月例会があると聞いて、おじゃますることにした。

事前のお知らせでは兼題が三つあり、それぞれにつき一句と当季雑詠《とうきざつえい》（今の季節の季語を詠み込んだ句）一句の計四句出す。当季雑詠は席題となることもあるという。兼題は「初夢」「雑煮《ぞうに》」「初雀」。なかなかに難しい。新年の季語は、季語そのものにおめでたいという本意が、すでに充分含まれていそう。その上何を付けたらいいか。皆さんどう詠むのだろう。

どうにか三句作り、これで参加できる条件は整えたと安堵。家を出る段になり、しまった、当季雑詠がまだだと気づく。席題になる可能性もあるというだけで、席題と決まったわけではなかった。お正月ぼけ？

電車の中で歳時記とジャポニカ学習帳と睨《にら》めっこ。渋谷駅前に降り立てば、人の渦巻く交差点。繁華街の人ごみを分けて歩くのにも少しは慣れたか。

着いたのはダイニングバーと分類されるのであろう落ち着いた店だった。黒シャツの男性に案内され、フロア奥の半地下にある隠し部屋のような一室に。テーブルが十人ほどで囲めるようセットされ、喨々さん他数人がすでに来ていた。照明は暗めだ。歳時記の小さな字も読めるよう、ダウンライトの下に陣取る。規模といい他の席から離れていることといい句会にはうってつけの部屋ですね、と喨々さんに言うと、「このために作ってもらったの」「えっ、そうなんですか」「嘘、嘘」。なんだ、ジャポニカにメモしてしまった。冗談の通じない私である。

出席者がさらに集まる。私を除き九人になるそうだ。「これ山口のものなんですけど」「あら、めずらしい、河豚《ふぐ》の缶詰」。帰省土産とおぼしきものや「お年賀」の熨斗《のし》のついた品が挨拶と共にやりとりされ、お正月らしい雰囲気。電子辞書と歳時記をすでにテーブルの上に置き、席題がいつ発表されてもいいようにスタンバイしている自分が場違いなほど、あくまでものどかなムードだ。

お酒を注文。「ノンアルコールビール」と言う人がいて、私もすかさず加えてもらう。堂々と桃ジュースを頼む男性も。

「みんなが大酒飲みのわけではないのに成り立つところがすごいでしょう」と嘵々さん。たしかに。夜遊びで飲む人と飲まない人が混在していると、ふつうはどちらかがしらけると聞くけれど、それがないのが句会ならではだろう。

遅れている人が一名。年明けで患者さんの多い目医者さんだ。到着までの間嘵々さんが、昨年十二月の蕪村忌《ぶそんき》句会に出た話をする。京都の揚屋《あげや》さんだった角屋《すみや》さんという建物で開かれた句会のこと、そこで行われた「句兄弟」というパロディ創作ごっこのこと。そういう遊びもあるのか。

私を含め一座、興味しんしんで耳を傾ける。ほとんどの皆さん「けらの会」以外の句会の経験はないそうで、嘵々さんのいろいろなお話を聞くのが楽しいと言っていた。

九人が揃い「あけましておめでとうございます」で乾杯。いやー、ノンアルコールビールは私ははじめてだが、とても喉越しがよくぐいぐい飲んでしまう。顔までほてってくるのが不思議。

貪欲に楽しむ

ところで、さっきからずっとテーブルのまん中に置いてある、紅白の風呂敷に包まれたもの。あれはいったい何なのか。

聞けば『嘵選良句』と題する冊子。昨年一年間にこの会で出た句の中から、ひとりにつき二句、嘵々さんが選んで載せてある。限定九部発行で、刷り上がったばかり。毎年初句会で配られ、これで三冊目になるそうだ。ということはこの会、はじまって三年が経つ？

漏れ聞けば、職業は詩人、シンガーソングライター、版画家、作曲家でバイオリニストなどばらばら。いったいどういうことから句会を？

きっかけは目医者さんの患者同士のよもやま話。メンバーのひとり猫々さんと細谷亮太（嘵々）先生の風貌が似ているという話から、一度並んでみてもらおうと、この店に食事にお招きした。そこで細谷先生が俳句もなさる方と知ると、「俳句って、してみたかった！」と身を乗り出す人が続出。次の集まりは句会にすることに。俳号は嘵々さんになって皆、同じ漢字を重ねる二文字にした。以来三年数か月、全員ほとんど欠席せずに続けている。山口から来るお二人も。ふぐの缶詰は帰省土産ではなかった。この句会のために東京へ月一回通ってくるのだ。

句歴は浅くも病みつきの度は深い。運ばれてきたお通しの「長芋のすり流しと和牛のたたきです」という黒シャツの男性の説明にも「す、り、な、が、し」と指を折り、音数に反応している。「できました」と、手を挙げる私。

すり流し牛のたたきとともに出た

「無季です」と喨々さんに指摘される。すみません、ビールのせいにしてください。続いて猫々さんが挙手。

すり流し『喨選良句』刷り上がり

満座の拍手。『喨選良句』は皆さんにとって季語に等しいものだという。

期待がつのったところで、いよいよ配布。「すっごいお年玉な感じ」。もみ手をして受け取る人も。喨々さん以外のメンバーも、他の人の年間の句から一句ずつ選んでおり、誰がどの句を採っているかも面白く、少なくとも一週間は毎日眺めるほどという。

年間の句を振り返ることができるのは、その月の投句をまとめた『けら通信』を毎回発行しているから。ひと粒で二度おいしいというお菓子のコマーシャルがあったが、この会では句会当日、月報、年報と三度も味わっている。大人の遊びは、楽しむことに貪欲《どんよく》だ。そうこうするうちにも料理が次々と運ばれてくる。生牡蠣、お造り、里芋の素揚げ、ほうれん草のサラダ。しかしこのビール、ほんとうにノンアルコール？　瓶のラベルはそうなっているが、中味を間違えて詰めたのでは？　あるいは場に酔ったのか。

いつでも新鮮

それで句会はするんでしたっけ？　「まだまだ。お皿が片づいて空間ができてから」。席題というのは？　「半年くらい出ていないね。あれ出ると、ものの味がわからなくなる」。皆さんのお答えからして、どうやら今夜も出ないようだ。

集合後一時間四十分、ようやく句会がはじまった。クリアファイルのセットが配られる。中には短冊四枚、レポート用紙の小一枚・大一枚。使い方は後ほど教わるとして、まずは短冊に作ってきた句を写す。

突然静か。さきほどまであれほど旺盛に飲み食べかつ喋りしていたのが、別人のように口を結んで。遠い席の笑い声を、この店に来てからはじめて聞いた。下仁田葱の素焼きがよりによってこのタイミングで運ばれてきて、そそる香はするけれど、手を伸ばす人はいない。

短冊をいったん集めてから配り、レポート用紙の小に清記。番号を振ったら選句を開始。レポート用紙の大にメモする。喨々さんによれば、少人数の固定メンバーでも句のテイストが揃ってこないで個性豊か。メンバー同士も、どの句が誰のか、三年経っても見当がつかないそうだ。

メモした中から特選なしで五句選ぶ。選句用紙を兼ねたメモに基づきそれぞれが読み上げて披講。点盛りした清記用紙を喨々さんのもとへ集める。「えっと、こっちの方の紙は渡さないのよね」「四年目に入るのに、いっつも同じこと聞いてる」。そんな会話もなんだか新鮮。

まっさらな気持ちで

高得点句から順に喨々さんが発表し、皆で選評の上名乗ることを、一句ずつ進めていく。

最高の七点を集めたのが、

回送のバスゆるゆると冬の星　　喨々

作者がわかるや、わあっと座がわいた。喨々さんの句を採れるのが、メンバーにはうれしく誇らしいことだが、今日はその喜びをたくさんの人が味わえた。めでたさも、いやまさる。

続いては、私には難しかった新年の季語を、他の人がどう詠んだかを紹介する。

四点句、

雑煮椀祖母に似てきし母の顔　紀々

母の顔が祖母に似てきたというのはよくあるモチーフだが、「雑煮椀」に付けたのがいい。「雑煮椀」は「祖母に似てきし母の顔」ということを客観的に言える季語だとの選評。

三点句、

初夢が指先にだけ残りおり　俊々

選評は、初夢を忘れるというモチーフもよくあるものだが、そのことを感覚に置き換えるとき「指先」にしたのがいい。神経が集まっている鋭敏な箇所だし、何をつかんでいたのだろうという想像もかきたてる。

一点句、

富士正面展望手摺初雀　敲々

富士に向かって初日の出を拝んだのだろうか。これぞニッポンのお正月。新年詠は季語に何を付けても、季語の表すところの繰り返しになりそう、というのが私の感じた難しさだが、いっそこのくらいめでたさを重ねるのも清々しい。大きな富士と小さな雀の対比も快い。

自分の句の報告もしないと。四点句、

朝刊の重たき音と初雀　葉々

選評は、元旦は一年でもっとも朝刊に厚みのある日。他でもないその一日を朝刊の音で表したこと、初雀の声の軽やかさとの対比もいい。他方、元旦の朝刊が配達されてくるのはまだ暗いうち、初雀の声はしないのでは、との指摘も。たしかにそうだ。

二点句、

冴ゆる夜のベランダにある室外機　葉々

次の二つは一点句。

初夢の腕に力の入りたる　葉々
浅草に生まれ雑煮の餅を焼く　〃

後者は嘵々さんの選に入った。うれしい。今年一年の運を初句会で使い果たしたことになりませんように。夜遊びはまだはじまったばかりなのだ。

当季雑詠からも一句紹介したい。三点句、

春を待つはだかのこころひとつ持ち　祭々

裸一貫という言葉を私は連想する。ひらがななのが、よりむき出しの感じがする。はだかの心をさらすのは勇気の要ることだ。何かをまとったり、何かの陰に隠れたりしたくなろう。ましてや風のまだ肌寒い季節なら。

でもせっかく新しい春が巡ってくるのだ。それくらいの思いきりのよさと、まっさらな気持ちで迎えよう。人の句の鑑賞を通し、この夜私はひそかに年頭の誓いを立てた。

俳句と出会って六回目の春が来る。

骨董店の座敷で梅を詠む

まさかの六本木

「骨董《こっとう》屋さんでお酒を飲む句会がありますよ」。小澤實《みのる》さんがおっしゃった。角川俳句賞の授与式でお会いしたときのこと。私は身を乗り出して聞く。「それってお買い物もありですか？」古いものは大好きで、旅先に骨董屋さんがあれば立ち寄る。家でごはんのとき使う器も、そうした店で買ってきた。

「うーん、僕はたまにしてしまうけど」と實さん。「おじゃまします！」即答した。

楽しみだ。しかし主眼はあくまで句会。周囲の品をついつい物色してしまわないよう、財布にあまりお金を入れていかないことにする。まあ、いざとなったら後日振込みという手もあるし。

出句数は三句。兼題は「梅」で、当季雑詠も可とのこと。梅とはまた難しい。角川の大歳時記の索引でも太字になっているほど代表的な季語。観念で作ってしまいそう。近所に咲いていないので、過去に見たときのシーンを題材にする。高尾、湯島天神、小石川植物園。

梅林を日あたる方へ歩きけり
梅林の踏みゆく土のやはらかき
白梅や幹に咲きたる二つ三つ
盆梅の後ろの花のひらきたる
小石川養生所跡梅真白

投句の際に、この中から三句を選ぼう。

店の所在地はまさかの六本木。聞いたとき、そんなところに骨董屋さんがあるのだろうかと思った。六本木といえば若者の夜遊びの街。ディスコ全盛の頃は黒服とかお立ち台とか怪しげな言葉を聞いたし、今も芸能人がひそかに合コンするクラブがあるというではないか。たぶんに写真週刊誌的なイメージを持ち、出かけていった。

地下鉄の駅から交差点へ出ると、意外と静か。客引きも、たむろする外国人も、酔って車道へまろび出て鋭くクラクションを鳴らされる女の子もいない。午後六時半。時間がまだ早いのか。ネオンの彩る通りの上に、ひときわ明るくそびえる東京タワーに「都心」を感じた。

教えられた道順に従い通りを曲がれば、いよいよ静か。墓苑のたたえる夕闇が、ネオン街との結界をなしているようだ。坂をゆるゆる下りた先に、こぢんまりした一軒家が現れ、表札に「古美術　栗八」とあった。入口の扉から中は見えない。「ごめんくださぃ」。足を踏み入れると、ガラス張りの戸棚に、青銅かはたまた鉄かと思われる品が数点。私がよく行くような、五客いくらの皿が所狭しと積まれている店とは、趣がまったく違う。

奥は座敷で、数人の男性の話し声がしている。「たぶん初期伊万里」「高麗青磁だったらえらいことですよ」。商談中と思い、外で待っていたら「どうぞ」と声をかけられた。その部屋が句会の行われる場所で、メンバーの一部がすでに到着しているのだった。

目利きの集まり

炬燵《こたつ》と座卓をくっつけて、ほぼいっぱい。畳の上に座布団が並べてある。いらしているのは「栗八」のご主人栗生さんと同業者、もうひとりは「会社員だけど私より詳しい。プロのコレクター」とのご紹介。目利きの集まりという雰囲気だ。さきほど話していたのは青磁の花入れで、一枝の梅を挿し、床の間に置いたところ。本格的。兼題の梅をちゃんと飾るのだ。

　すると、その掛け軸にも何か意味が？　おそるおそるお尋ねし、返ってきた答えは私にはちんぷんかんぷんだったが、重要文化財の複製であることだけはわかった。どうしよう。後で文章にしないといけないのに、室内にあるものを述べる語彙《ごい》を私は持っているだろうか。背にしている襖《ふすま》からして墨絵ふうに竹が描かれ、由緒《ゆいしょ》ありげ。うっかり破ってはたいへんと、かしこまって座っている。

　その襖が音もなく開いて、仰天した。こんなところにも隠し部屋が？　藍色の布を頭に巻いた男性がコーヒーを運んできた。この店で働く人で、彼も俳句を作るという。若いのに頼もしい。

　謎に満ちた句会だが、實さんが現れて、ようやくあらましがつかめてきた。そもそもは別の骨董屋さんで、俳句に興味のあるご主人の呼びかけにより句会を催したのがはじまり。そのときのメンバーである栗生さんの店に場を移して、月一回、二十年以上続いているという。会の名は、そのままで「栗八句会」。栗生さんは實さんが主宰する「澤」の同人で、この会では實さんと共に指導役をつとめる。メンバーには入れ替わりがあるため、本日の参加者も句歴はさまざまとか。欠席投句を含めて男女計十人。いちばん若い方は二十代、会社勤めの男性である。

「句会より料理に重きのある会かも」と實さん。もうひとりの骨董屋さんの来るのを待ったが、お店でまだ接客中との連絡により、七時半過ぎに句会を開始した。

短冊が配られるや、室内はさらさらとペンを滑らせる音だけになり、座卓の中央には裏返した短冊が次々と。早い。まったりと骨董談義などしていた、さきほどまでの時の流れが嘘のよう。作ってきた句を再検討する暇もなく、勘で三句を選んで投句した。

集まった短冊を出席者の人数に分けて清記。Ａ４の白い紙を縦に使って書き、番号と清記者の名を左に入れる。そのまま選句に入り、清記用紙を回していく。もう一枚のＡ４の紙にメモしながら。五句選で特選はなし。指導役のお二方は何句でも採れる。披講は各自がメモを読み上げる方式で、そこではまだ名乗らない。選をメモした清記用紙を集めたら、實さんの司会で合評に移る。一枚ごとに、点の入った句から評していく。

懐の広さ、深さ

自句の報告を先にまとめてしておこう。

小石川養生所跡梅真白　葉子

養生所跡は今は植物園、景が見える。赤ひげ先生のいたところで、昔の医師の清廉《せいれん》な感じが「梅真白」と重なるという鑑賞をいただいた。

梅林を日あたる方へ歩きけり　葉子

観梅の楽しさ。暖かい方へ行くのが気持ちいいという季節感。梅林という明暗のある空間をとらえている。

盆梅の後ろの花のひらきたる　葉子

着眼と詠み方が素直との評。

他の方の句は兼題の梅から、まず紹介する。

留守宅に梅の一枝置き帰る　栗生

今日の梅を届けてくれた人への挨拶句。季語の重さに押しつぶされない即興性に感服する。

梅二月送らぬままのメールあり　涉

完全に暖かくはなっていないのが、かじけた心と合っているという。梅という季語には早春の寒さも含まれているのだ。

粉山葵ツンとするのみ梅月夜　順記

梅の通俗性をうまく引き出しているとの評を、ジャポニカ学習帳にしかと記した。高貴というより、親しみやすい花なのだ。

梅の花かけそばのつゆ澄みにけり　實

梅のつつましさ、庶民性を感じさせ、ふっくらした香も漂う句。

大伯母は九十二歳梅香る　千賀子

長寿にして、ほんのりと色気もありそう。

老梅の枝をくぐりて夜のくる　優

水墨画ふうにして、どことなくシュールでもある。

嘘つけば嘘を重ねる梅一枝　珠一

梅の花咲く頃僕は浪人す　衣谷

梅は、『万葉集』では桜より多く詠まれているほど、詩歌における歴史の古い花だが、伝統で人をがんじがらめにすることなく、むしろ多様な詠み方を受け容れる懐の広さ、深さも、大きな季語にはあるのだ。当季雑詠から二句。

ベランダで溶けぬかまくら翌朝も　信之

雪だるまホテルの道に立たされぬ　順子

東京はめずらしく大雪が降ったばかり。都会らしい雪の風景を、素直に詠んでいる。

エピキュリアンの宴

真面目にメモして、さて九時。指導役のお二方以外も選評を述べ、最後は点の入らなかった句を取り上げて全句を評した割には早く終わった。そういえばお酒は一滴も飲まなかったな、と思ったところで後ろの襖がするすると開き、取り皿とグラスが運ばれてくる。これから酒宴がはじまるのだ。

そう、これまでおじゃました夜遊び句会は場所がお店だったので注文は必至。グラスをかいくぐるようにして、清記用紙を回していた。酒宴の部を分けられるのは個人宅だからこそ……ではなかった、ここも店、骨董屋さんにいるのだった。すると料理はケータリング？

そう思ったところでまたも襖がするすると開き、できたての料理が次々と。ピューターの皿にローストビーフ、吉野椀に豆腐の葛あんかけ、古伊万里に銀鱈の西京焼、脚付きの石皿に鮭の焼き漬け。私が隠し部屋と呼ぶところのさらに奥に台所があって、メンバーのひとり小夜さんという人が作ってくれているという。本日は料理に専念して、投句せず。

鮎のうるかの胡瓜添え。絶品の粒雲丹《うに》。スーパーで材料を買い家でごはんを食べている日常では味わえないものばかり。そしてまた取り皿に使っている、この染付皿。どさくさにまぎれて盗んで帰りたい。よい器で、おいしいものに舌鼓《したつづみ》を打つ。これぞ大人の夜遊びだ。ディスコが、クラブが、何するものぞ。

「骨董好きにおいしいもの好き、多いと思うよ」「快楽に歯止めのきかない人たちだから」と皆さん方。ビールからお酒に移って、持参のぐい呑みを取り出したのは最年少の会社員。「美濃っぽい唐津だね」「縁のところは漆塗りの上に銀を巻いてあるんだ」。見た人は口々に言う。「結婚すると骨董ができなくなるよ」とからかう人も。

　私は得心した。彼が参加しているわけを。

　栗八さんの指導は、親身の裏返しでなかなか厳しい。若い彼の出した風雅な句は「爺むさい」と一蹴され、評を述べれば「声が小さい」と一喝されていた。会社では上司に絞られ、アフターファイブでも年長者にやり込められて叱られて。それよりは彼女とデートでもする方がずっと楽しかろうにと思っていた。

　でも彼にとってここは、好きなものを語り合える場なのだ。しかも二つも好きなものが重なる。骨董と俳句。三つめに料理も数えるべきだろう。エピキュリアン（快楽主義者）を満足させる料理を、毎月作って飽きさせない。栗八句会の陰の主宰は小夜さんだと言い切れる。甘めの卵焼き、ごまめと胡桃《くるみ》の和《あ》え物、蛸と大根とちぎり蒟蒻《こんにゃく》の関東炊、蕪とズッキーニのバーニャカウダ、菜の花のお浸し。骨董につられて来た私だが、途中からはもう器についてメモすることも忘れ、ひたすら箸を動かしていた。

　句会の倍の時間をかけて酒宴を楽しみ、店を出ると十二時過ぎ。今回も午前様になってしまった。

横浜ナイトクルーズ

題材は充分

夜も暖かくなった頃、吟行のお誘いをいただいた。横浜ナイトクルーズだ。今井聖《せい》さんがカルチャーセンターで持っている夜のクラスの生徒さんに、聖さん主宰の「街」のメンバーを加えて実施するという。迷うことなく参加の返事をした。夜遊びの連載で初回以来の吟行だ。

集合は午後五時、山下公園の氷川丸前で。地下鉄の元町・中華街駅から路上に出ると、いきなり風にあおられる。しまった、海辺はまだ寒いのかと思ったが、気温そのものは高そうだ。この日の昼、横浜の桜は開花宣言が出たと聞いた。

幹事をつとめる「街」の竹内宗一郎編集長が本日のスケジュールを説明する。この後山下公園を各自吟行、五時半に集合し四十五分発の「シーバス」に乗り、船上で吟行。二十分ほどでベイクォーターに到着後、そこでも吟行。七時に再集合し、近くのお寺にて句会。終了は十時の予定。

「何かご質問は？」「いいえ」と皆さん声を揃える。編集長の背広姿とあいまって、先生に引率されての遠足のような安心感だ。

十時終了と聞き、「健全」と思う自分がこわい。帰りが遅くなることに慣れつつある？　句の題材を探すのは、むろん引率なしだ。周囲を見回す。氷川丸の船体。喫水線で赤と黒とに塗り分けられている。風に混じる潮の匂い。東京でも海から離れたところに住む私には、すべてが新鮮だ。

カモメの舞うデッキ。目の前を行く春コートの女性を、想像上でデッキに立たせる。折しも汽笛が長く鳴る。出港の合図だろうか。枝垂《しだ》れ桜が咲いている。旅立ちと別れの季節。花の向こうは老舗のホテルだ。ティールームから眺めれば、ソーダ水の中を貨物船が通るのか。空にはなんと飛行機雲まで現れた。

道具立てが揃いすぎ、私の頭は歌謡曲になっている。俳句の方へなんとか持っていかないと。制限時間内にできるだろうかと、吟行特有の焦りがわくが、ここは落ち着け。とりあえずベンチに腰を下ろす。

いいところではないか。犬を連れた夫婦。しゃぼん玉を吹く子。孫らしき子とボール投げをしているご婦人。ワンバウンドだから息が切れずに笑顔でいる。こんなすてきな散歩コースが近所にあるとは羨《うらや》ましい。遠来の観光客もいる。ベンチの私は暇そうに見えるのか、シャッターを押すのを何組にも頼まれた。地方訛りのある人。外国人。どの人とも一期一会だ。

シャッターを押したる春の別れかな
夕暮のしだれ桜の枝の下
永き日のはづみの重きゴムボール
倉庫街群れゆくものにしやぼん玉
春潮の喫水線を洗ひをり

シーバスは一階建ての水上バスだ。前方が船室、後方がデッキになっている。乗り込んで皆さんまずはデッキへ。「あら揺れる」「酔うかしら」「歳時記は読めないわね」と口々に。停泊中から船は波に上下し、湾内であっても海だと感じた。

エンジンの振動が足裏を突き、さあ、出航。髪が後ろへ持っていかれる。桟橋《さんばし》がみるみる遠くなる。クルーズ気分、満点だ。

シチュエーションに負けないで

舷に立つ波しぶき、その外側にうねる波。海面はちょうど青から黒へと変わりつつある。「後ろに見える橋は何ですか？」と人に聞き、ベイブリッジと教えられる。あれが、あの有名な。橋の輪郭に灯が点る。ビル群や赤煉瓦《れんが》の倉庫に夕陽が映える。美しい。幹事さんは日没のタイミングまで計算して、この便の船に乗ることにしてくれたに違いない。シチュエーション負けしないで詠もう。

桟橋に停める自転車春の暮
春夕焼高きところに人のゐて
人工衛星ひとつ浮かびぬ春の宵
引潮に抗ひてゆく春の航
波の角黒くおほきく春の航
ぬるみたる水押し分けて接岸す

林立するビルの根元に接岸。一刻一刻が惜しまれて船室に引っ込む気もおきないほど、値千金のクルーズだった。この後、一時間ほど各自で吟行し七時に再集合。そこから加わる人もいるという。もともとカルチャーセンターの夜のクラス。仕事を終えて駆けつけて来るのだ。

ベイクォーターは海を望むショッピングモールだった。船上から見た横浜港の風景を、今度は陸から眺められる。夜空に浮かぶ青い光が幻想的だ。

船ではデッキに出ずっぱりで、少々体が冷えている。温かいものを飲みながら眺めよう。二階のテラス、セルフサービスのカフェの外側に、ちょうどいいテーブルと椅子があるが、塾帰りらしき子が座っている。カフェの客ではなさそうだ。しばらくそばに立ってプレッシャーをかけていたが、あきらめて他の階へ。

そこで私は惑乱されてしまった。さすが横浜、おしゃれな街、インテリアや雑貨の店がそこここに。春らしい明るい色が目をひく。夜遊びのみならず昼遊びもこのところしていない私。誘惑に負けて、入りそう。これもまた横浜らしさ。こういう吟行があってもいいのでは。

激しく心が揺らいだが、シーバスの船尾に仁王立ちして海を見つめていた聖さんの厳しくりりしい後ろ姿を思い出して、踏みとどまる。

右往左往した末に、座ったのは子どもの去った、元のテーブル席。店を探して案外、時間をとってしまった。残り三十分でメモに基づき句を整えねば。

余計な考え

ここで私は余計なことをしてしまった。

艫《とも》綱《づな》を投ぐ北風に逆ひて

「北風」っていくらなんでも寒すぎないか？　春なのだし。歳時記を開き、春の季語の風の中から比較的強そうなものを探す。「春一番」は時期的にもう遅い。「春北風《はるきた》」にする。「逆」の漢字もひらがなにして春らしさを出す。これがいかに余計だったか、後の句会で知ることになる。

再集合し、徒歩にて甚行寺へ移動。

甚行寺は旧神奈川宿に位置し、開港当初はフランス公使館が置かれたという古刹《こさつ》だ。震災と戦災、度重なる焼失に遭いながら、桃山時代のご本尊様を守っている。シティ派の吟行から一転してお寺へと、変化に富んだ夜である。なぜにここで句会をするかといえば、ご住職の藤尾邦泰、ゆげご夫妻が聖さんのカルチャーセンターの生徒という縁だ。

ご本尊様を拝んだ後、法事では控え室となる部屋で句会。じゅうたん敷きの広い部屋に、会議室ふうのテーブルと椅子が縦に二列に並んでいる。間の中央、コの字型の奥にあたる席に聖さん。背後に「南無阿弥陀仏」の額と蠟燭《ろうそく》とお花という、他ではなかなかなさそうなロケーションだ。聖さん以外は二列のテーブルの外側に着席。向かい合うかたちになる。出句者十二名、ひとり三句ずつ。

短冊に書いて出し終えると、早くもお酒の栓が抜かれ、食事がはじまった。ゆげさんが用意してくださった巻き寿司、卵焼き、春菊のお浸し、ピクルス……水団《すいとん》のお椀も運ばれてくる。海風に吹かれた身に、熱々の汁がおいしい。夢中ですすって、われに返り「そういえば清記はいつするんでしょうか」と幹事さんに尋ねる。ご住職が別室でパソコンにはりつき、フルスピードで入力してくださっているとのこと。もったいなや。

全句を載せた紙が配られる。五句選、うち一句は特選にする。カルチャーセンターでの方法にならい、聖さんには入選、本選、特選を、数を限らず選んでいただく。

選が済んだら、これもカルチャーセンターでしている通り、聖さんが全句を音読。各自が選んだ五句を披講。聖さんが入選、本選、特選を発表し、それぞれにつきコメントする。

採った句にもダメ出しするのが常だそうで、そこには「一〇〇パーセントの句はない」という前提があるからだ。どんな句にもいいところと悪いところがある。次いで先生の選

外で、得点の入った句を合評。いずれも名乗りは評の後だ。問題の私の句、

艫綱を投ぐ春北風にさからひて　葉子

先生の入選句とはなったが、腰がひけているとコメントされる。「凩《こがらし》」や「黒南風《くろはえ》」といった他の季節や地方の風でないのは、今日の吟行に即して詠もうとしているのだろうけれど、そのぶん、あくや体臭のようなものがない。言葉に対し配慮がありすぎ。優等生の句と。

鋭い。ベイクォーターのテラスで歳時記を引き季語をやりくりしていた場面を目撃されたはずはないのに、わかってしまうとは。俳句はほんとうに、嘘がつけない。自分の感じた風の強さや勢いをよそに置き、「春だからこうあるべき」という作り方をしてしまった。

めざすは脱「優等生」

優等生。かねてからそれが自分の俳句の弱みと感じ、だからこそ夜遊びに踏み出した。あくまでも素行面でなく俳句面だが、自分の殻を破れたらと。でも、まだまだだ。

波の角黒くおほきく春の航　葉子

は特選で、次は選外だった。

ぬるみたる水押し分けて接岸す

他の人の句は、聖さんの本選の句や高得点句を紹介する。

コンテナに雲南省とあり朧　西澤みず季

煌めく灯アジア横浜の春夜　貝田厚子

船腹の如き花粉症のマスク　高勢祥子

箱船がかすかに見ゆる沖朧　竹内宗一郎

花冷のタイヤに当てて接岸す　今井　聖

同じ場所を歩いてきたのに句はそれぞれなのが、吟行の面白さだ。カルチヤーセンターの教室を飛び出しての特別クラスとなった今回、吟行の意義を聖さんに聞く。

聖さんは話してくださった。僕らはもっとものを見なければいけない。日常の起き伏しだけで充分に句を作れるはずなのに、通念や観念にとらわれてしまいがち。そんな僕らの頬っぺたを、吟行は叩いてくれる。「歩行的感動」ということを聖さんの師、加藤楸邨《しゅうそん》は言っていた。歩いてものにふれ、ものから直接の感動を得る。その地の情緒とされるものに自分を埋没させる、季語の本意とされるものに現実を押し込める、それは吟行を貶《おとし》めること、それではどんなに歩いたってだめなんだ！

「お酒も入って熱く語ってしまいましたが」と聖さん。いえいえ、そんな。真摯《しんし》な熱さと受け止めた。

予定の十時より長引き、家に着いたのは零時五分。今回も午前様となってしまったが、中味は健全、かつ盛りだくさんな夜だった。

桜を求めて東吉野へ

大人のお花見

奈良県にお住まいの茨木和生さんが吟行にお誘いくださった。花どきの東吉野を巡り、夜桜句会をする趣向という。なんと大人な遊び方！

吉野山の桜は、婦人雑誌のグラビア写真でしばしば目にする。山じゅうが桜におおわれたようすは、花を雲かと見紛《みまが》うばかり。

東吉野はその吉野とは別らしい。地図で見ると吉野町よりさらに奥、高見山を越えれば伊勢である。ニホンオオカミが最後に捕獲されたところだそうで、いったいどれほど山深いのか。

当然ながら日帰りは無理。これまでの夜遊びは、家に着くのが十二時過ぎでも、ともかく帰ることができたけれど、このたびははじめての「外泊」へと踏み出した。

四月下旬のある日の午後一時、近鉄大阪線の榛原《はいばら》駅にて集合する。和生さんはデニムの上下にゴム長靴と、軽快な服装、足ごしらえだ。ゴム長は蛇よけでもあるという。これから行くところには、蛇がいるのか。

参加者はご案内くださる和生さん、宇多喜代子さんをはじめ、五十音順に浅井陽子、石井いさお、伊藤政美、大石悦子、久保純夫、古賀しぐれ、藤勢津子、東條未英、名村早智子、平田冬か、村手圭子、山尾玉藻、山田佳乃、山本洋子の各氏。このメンバーでの吟行ははじめてだそうだが、関西在住の俳人同士であり、加えて東吉野村が俳句の里として、深吉野賞全国俳句大会など数々の催しをしてきたこともあり、何らかのご縁はあるらしい。

本日のお宿である天好園のマイクロバスで、さあ、出発だ。一泊二日の桜旅。乗り込んで早々、助手席の和生さんがマイクを取って、本日のスケジュールを説明する。これから花を求めつつ、狼の句碑のある村の果てまで行ってから、四時頃に天好園着。たかすみ文庫を見学し、たかすみ温泉で寛いだ後、牡丹鍋の夕食をとり、天好園の夜桜を愛でながら句を作り、八時から句会をする。

「途中、地名にも注目してくださいい」と和生さん。比布《ひふ》、母里《もり》といった、『古事記』に出てくるような一字一音の地名が多いという。ガイドさん役までしてくださり、もったいなくもありがたい。

右手に見えるは八咫烏《やたがらす》神社への入口。神武天皇を熊野から大和へ案内したという、あの八咫烏？　左手に見えるは伊那佐《いなさ》山。『日本書紀』にもたしか出てきたような。東京から来た私には、神話の世界が急に近づくように感じられる。

山桜からして、憧れの対象である。東京の街なかは染井吉野がほとんどだ。幕末に江戸の植木屋さんが作った品種で、明治以降日本の国土が近代的に整備されていく中、公共施設を中心に盛んに植えられ広まった。それはそれできれいだが、昔の歌に詠まれた花とは違うものだ。

今回は山桜をとくと見られる期待がある。

道路際に一本現れる。それはもう散り終わっていた。「山桜もそろそろ終わりの時期ですか」と和生さんに尋ねると「早いのは三月、遅いのは五月」。へえー、そうなのか。山桜でもいろいろなのだ。

狼のいた山

信号がなくなり、田んぼもしだいに少なくなってきた。急な斜面に畑が作られ、トタン板で囲ってある。「あれはしし垣。猪よけ」と和生さん。はあー、猪までいるのだとは。「友あゆ」の看板。道路に沿う川を見れば水は澄み、なるほど鮎も棲めるだろう。ふだんの生活圏にない生き物がたくさんいそう。動物ランドに行くような気持ちになってきた。

俳句の里とて、句碑は多い。ひとつひとつ下車はしないが、前を通るたびに和生さんが紹介する。動植物も俳句もすべて頭に入っている。東吉野の生き字引のような方である。

私は見るもの聞くもの珍しく「はあー」「へえー」ばかり連発しているが、それではいけない。五七五にせねば。夜には句会が控えている。

桜発見！　杉林におおわれた斜面の上の方である。

和生さんによれば、このあたりの山桜はすべて実生《みしょう》で、鳥がついばんだ後の種から育ったもの。たしかにあんなところにわざわざ植えようとは思うまい。人の手が入らないのだろう。蔓《つた》が絡まり垂れ下がっているものもある。

その幹に蔓のからまる山桜
中腹にけぶるがごとく山桜

「あら、ジャポニカ学習帳は？」私のノートを見て女性が尋ねる。「エッセイに出てくるから、現物を楽しみにしてたのよ」。ご期待に添えず、すみません。大人っぽい趣向に合わせて今回は「わたしの俳句手帖」を持ってきた。ジャポニカよりひと回り小さく、単行本サイズ。出し入れしやすい。何よりも持っていて目立たないのがいい。縦罫の上下にある余白が、メモと句とを書き分けるのに便利なことも、使いはじめてみてわかった。今のところはメモばかりで、まだ句が少ない。

笹野神社でトイレ休憩。はじめての下車である。外は小雨で、境内の句碑も濡れている。

鶯や水を打擲《ちょうちゃく》する子らに　　西東三鬼

頭上で鳥の声がした。「鷹の子」と和生さん。ほんの一声でも聞き分けられるところに、自然に親しんで生きてきた人だと感じる。土の上には鹿の糞。奈良で売っているお土産のお菓子に似ていた。お菓子が糞に似せたのだが、本物と作り物との関係が逆転している私である。

再びバスへ。杉林へと分け入る道はいよいよ狭く、電線もなくなった。この先にもう人家はないのだ。

二度目の下車。「七滝八壺《ななたきやつぼ》」の案内板と、渓流にかかる吊り橋があった。渡りきると背の高い句碑が建っている。

絶滅のかの狼を連れ歩く　三橋敏雄

ここが桜狩りの終着地、東吉野村の果てなのだろう。句碑の向こうに滝が一本、細いながら勢いよく落ちている。上の方に段がいくつか連なっているのが、杉林の間に見える。傍らの崖には鎖を渡し、石段を造ってあった。石も杉の落ち葉も濡れて滑りそうだ。

滝壺の岩の上なる落ち椿
岩つたふ鎖の長き落椿

もと来た道を戻ってから、たかすみ文庫へと進路をとる。窓越しに花を探しながら。今日の桜吟行は、一本一本出会っていく。同じ山桜でも、吉野のような「全山これ花」といった感じではない。

句碑に、祠に

平野《ひらの》の水分《みくまり》神社で三度目の下車。降りるとまずは、道ばたの句碑へと皆近づいていった。

小豆干す筵に晴れて高見山

藤本安騎生《あきお》

安騎生さんは、この吟行に参加なさるはずだったが、ほんの三週間前、急逝された。この地を愛し、移り住んで二十年近く。東吉野に来るたびに世話になったという人が、一行の中にもたくさんいる。

周囲を網で囲ってあるのは、植樹の芽を鹿が食べてしまうからとのこと。句碑のすぐ下には、土筆が生えていた。

つくしんぼ踏むな藤本安騎生句碑

お会いしたことのない私が追悼句を詠むのは、安易でかえって失礼かもしれない。それでもこうして句碑の前に立つと、ご本人のここにいらっしゃらないことがかえって強く意識され、胸に迫るものがあった。

水分神社はお伊勢さんの遥拝所と、案内板にあった。鳥居をくぐってすぐのところに、木でできた小さな祠《ほこら》がある。「山神」と書いた一枚の板切れが立てかけてあった。汚れていないまだ新しい板切れで、油性ペンらしい黒い字だ。同じく板を切り抜いて、黒のペンで線を描き入れた鋸《のこぎり》、鎌、鋤《すき》、鍬《くわ》、魚が、その前に重ねられている。いずれも子どもの工作のように簡素なものだ。

「山神様をこんなふうにお祀りするのね。この魚はお供え物よ」。喜代子さんが言い、代わる代わる覗き込む。私も人の肩越しに一瞥《いちべつ》し、それ以上の注意を払わなかった。この神社はお伊勢さんの遥拝所だから。本筋とは関係ないものを、境内に誰かが置いただけだから。新しくて、歴史あるものではなさそうだし、と。

それは考え違いであった。それこそが、山桜と深い関わりのあること、吟行の本筋そのものなのに、目の前にありながら「見る」ことがいかにできていなかったか、後の句会で私は思い知ることになる。

猪鍋を囲んで

四時頃、たかすみ文庫着。東吉野にゆかりのある俳人や歌人の自筆の書画を多く蔵している。この日は「山口誓子と弟子」展が開催されていた。

東吉野村に建つ句碑の案内図と句の一覧も張ってある。今しがた巡ってきたばかりの地だ。これほどの名句がすでに詠まれているのだから、付け足すことは何もないように思えて怖気《おじけ》づく。

宿の天好園は歩いてすぐだ。部屋割りに従い、各棟へ。

一万坪という広い敷地に純日本風の建物が、離れのように点在する。庭の池のほとりにも、庭の端の渓流沿いにも山桜が咲いている。幽境と呼びたい趣だ。

「夜は履物を中に入れてください。縁側の外に出しておくと、狐にいたずらされる」と和生さん。街から来た私には、まさしく別天地である。

部屋に荷物を置き、炬燵でいっとき寛いでから、たかすみ温泉へ。浴槽の檜の香を深々と吸い、岩組の露天風呂に身を沈める。

山桜を見て、湯につかって、充分に満足だ。旅としてはすでに完結しているが、句会はこれから。八時までに三句作らねば。夕食後の夜桜で、なんとかしよう。

夕食のはじまる六時はまだ、日暮れ前だった。大広間で座卓をつなげ、四人にひとつコンロを据えて、牡丹《ぼたん》鍋だ。味噌を溶いた出汁でいただく山三つ葉、田芹、蒟蒻、豆腐がおいしい。昼食は近鉄特急の中で食べた柿の葉寿司のみ。野菜不足の私は、隣の四人組の皿から余っている野菜を奪ってきて入れる。

「猪の好物って知ってる?」「蚯蚓《みみず》、沢蟹、山芋、団栗」「団栗なんてイベリコ豚みたい」。

猪談義にわいていたが、鍋の底までさらって火を消すと一転静まり、それぞれに句帳を開く。この切り替えの早さは、何⁉

牡丹鍋にうつつを抜かしてしまった。三十分でなんとかせねば。夜桜を求めて庭へ出る。雨上がり。星のない黒い空だ。闇の中にもたくさんの山桜が咲いているのだろうが、いくら白でも、宿の明かりが届かぬところのは見えない。池のほとりの一本が、外灯に煌々と照り映えている。

たまさか鯉が揺らすだけの静かな池。その水面に鏡像のように映っている。花びらは一片も浮いていない。こんなに咲いているのに、まだ満開まで間があるのだ。満開に達したそのときから、桜は散りはじめるのだろうから。

登り来てまたひとともとの山桜
満開の一日前の桜の夜
夜桜の幹の湿りを掌にうつし

さて、どんな句会になるか。

初の「外泊」は山の宿

目に見えぬものを通して

はじめての「外泊」を伴う夜遊びとなった、東吉野吟行句会。茨木和生さん、宇多喜代子さんのご案内のもと、関西の俳人の方々と十七名で、山桜を訪ねて回った。宿である天好園にて夜桜を愛でた後、いよいよ句会のはじまりだ。

三句出しで計五十一句。五人で清記し、清記用紙のコピーが配られる。特選は設けず五句選んだら、選句用紙を集めてひとりが披講する。句が読み上げられるつど名乗る。スピードは速い。皆さん句会に慣れている。披講が終わると、和生さんが話題を振りながらの講評になった。

夜遊びという趣向そのものを詠んでくださった句が印象的だ。

而して運座とはなる夜の桜　平田冬か

野遊の果て夜遊となりにけり　浅井陽子

夜桜に遊戯の一歩を踏み出せり　大石悦子

遊戯《ゆげ》という言葉に、若くはない、さりとて老いの極みでもない人を感じると評されていた。そこそこの齢を重ね、今からこそが自分の楽しみへと踏み出すときと。大人の遊びの賛歌であり、夜桜の吸引力が自己解放へのはずみをつけると、私は鑑賞した。私の夜桜の句、

夜桜の幹の湿りを掌にうつし　岸本葉子

については、最後が連用形で流れてしまっている、「うつす」と言い止めたいとの指摘。また「掌」はふつうの「手」にしたい、思わせぶりな漢字の遣い方はしない方がいいとも。勉強になる。

まれびとの桜の闇を持ち歩き　久保純夫

四肢抱ける獣らに散る夜の桜　山尾玉藻

感じながら私には詠めなかったものが、ここにある。宿の灯りの届かぬ闇に咲く桜。街なかの夜桜とは違う山の夜桜らしさを、目に見えぬものを通して詠む、という方法があるのだ。

雨後の淵濁らずにあり山桜　伊藤政美
常磐木の山に白点山桜　石井いさお
桜狩杉山を分け雲を分け　古賀しぐれ
山桜吉野の空を高くする　藤　勢津子
深吉野の桜一本ずつ案内　山田佳乃

今日の吟行はたしかにこんなふうだった。川に沿って上流へと遡《さかのぼ》り、杉林を分け入るかたちで道を進み、一本一本山桜と出会ってきた。

乾坤を分つ高さに山桜　宇多喜代子
武者立ちをして枝張れる山桜　茨木和生

そう、東吉野の花は吉野の花のような集合体ではない。単体としての存在感があり、その姿は力強い。

板切れに山神とあり山桜

村手圭子

喜代子さんの評にはっとした。「一枚の板切れにでも山神と書けば、すなわちそれが山神になる面白さ。言葉の力を感じる」と。そう、言霊信仰というのだろうか、言葉の持つ霊力を日本人は、ときに畏れ、ときに恃んできたのだった。

村人と自然の関わり

「山神は田の神でもありますよね」。別の人が言い、また、はっとする。本では読んだことがあった。山の神が春には里に降りて田の神となり、秋の終わりに山へ還っていく。桜の「くら」は「座」を意味する。桜は田の神の依る座であり、稲作文化と深く結びつく木であったと。その桜は、明治になって盛んに植えられた染井吉野ではあり得ない。昔から山野に自生する桜であったはずである。

このあたりでは、山神と書いた板切れを祠に置いて、在所在所で祀ってあるという。板切れで作った農具や魚をお供えにして。いずれも年にいっぺん、新しいものと取り替えるそうだ。

私は何を見ていたのか。

知識として聞きかじってはいても、目の前にあるものとまったく結びつかなかった。それどころか「板切れも字も新しいから、歴史がない」と判断していた。そういう先入観を排してものを見るのが、吟行なのに。

歴史がないからではない。年にいっぺん作って取り替える風習が今も続いているから、新しいのだ。民俗学の本の中の死せる記録ではなく、現に生きている風習。

山神様を迎える風習を、しばらく語り合った。田んぼの水口《みなくち》に幣《ぬさ》を立てておく。あるいは桟俵《さんだわら》の上に燕の好物の焼き米を載せておき、燕が食べると「山神様が来た」と言って、喜代子さんのお母さんはたいそう喜んでいたと。喜代子さんが宿の女主人に聞いてきたところでは、「柿の葉燕」という言葉がこのあたりにはあるという。粟の蒔きどきについての言い伝えだ。

山桜を見るとは、山里のそうした人と自然の関わりに触れることでもあったのだ。

吟行を前に亡くなった藤本安騎生さんの追悼句も多く出た。

かの狼追うて行きしか桜守　名村早智子
ひとりまた花を待たずに逝かれしや　東條未英

川上に君あるごとく夜の桜

山本洋子

訪れる客を自分で蝮《まむし》をつかまえて作った蝮酒でもてなすほど、山里の暮らしに親しんだ安騎生さん。移り住むにあたっては、村の人を呼び、お披露目の餅撒きをして、村の祭にも最初の年から参加した。村で葬儀があれば、どの家でも弔問に行ったという。共同体に溶け込む努力をしたのである。

街の人なら業者に頼むところを、村の人は協力して事に当たる。和生さんのお母さんが亡くなったときは、遺品から干し薇《ぜんまい》が大量に出てきたそうだ。村の人が集まって煮炊きをするとわかっているから、そのために準備していた。大正三年のお生まれで六十九歳で逝去というから、昭和五十年代も終わり頃。日本の村落共同体は昭和三十年代に激変したと言われるが、ここでは昭和五十年代にもまだあった、いや、今なおあるのだ。

寝る前にすること

句会の後もさまざまな風習や言い伝えの話をして、十一時半頃お開きになる。帰りのことを考えなくていいのは、外泊ならではだ。

畳の部屋には布団を端と端がくっつくほどに並べて敷いてある。修学旅行以来だ。

喜代子さんは句集を取り出していた。句会のあった夜は、句集を読んでから寝ることにしているという。

そうするわけが、なんとなくわかる気がした。句会が終わってもまだ、そこで読んださまざまな個性の句の調べが頭の中で回っていて、布団に入ってもすぐには寝つけない。自分の句につき、ああすればよかったか、こうすればどうだろうなどとも考えてしまう。好きな句集をひとつ読むと、そうした乱れが整い、落ち着けそうだ。

俳句で興奮を味わって、興奮を鎮めるものもまた俳句。句会の後の過ごし方も、一泊を共にしてこそ学べることだ。

翌朝。窓の外から囀《さえず》りが聞こえる。鳥の声は一種類ではない。庭に面したカーテンを開ける。

「朝桜を匂うとは、よく言ったものね」と喜代子さん。雨がちだった昨日とはうって変わって、晴れている。細やかな花びらが、日の光に輝くようだ。

枝を離れた花びらが、縁側を横切っていく。今日になって散りはじめたのだ。満開を挟む二日間に居合わせたことを感謝したい。

大和の茶がゆ、鮎の甘露煮、地野菜と高野豆腐の炊き合わせ、山菜と煮麺の味噌汁の朝食をとり、天好園を後にする。ここよりさらに上流の「投石《なげし》の滝」を訪ねてから、解散までの残り時間、隣の宇陀市にある佛隆《ぶつりゅう》寺の千本桜、室生《むろう》寺の桜と回っていく。

途中、安騎生さんの家の前を通る。昨日は靄《もや》に隠れていた高見山の頂上が、青空にきれいに映えていた。

投石の滝は、轟《とどろ》き落ちる水の真下に石が届くと願い事が叶うそうだ。「俳句がうまくなりますように」。誰かが投げて、次々と後へ続く。傍らに、樹齢千年と伝えられる杉がそびえている。

道ばたには山神様の祠。今日は句会はないけれど、皆いつの間にか句帳を手にしている。

佛隆寺の千年桜は落花のさなかだった。山門へ登る石段の途中に立ち、白いものを雪のように降らせている。

行く先々で桜が舞う。田んぼのふちに。川べりに。谷あいの空を、小鳥の群れのように飛んでいくものも。室生寺の境内の池の面も、花びらでおおわれていた。

春の旅水に小石を放りたる
水底を水の洗へる春の川
春風や祠にいます山の神

千年の杉千年の山桜
日の当たるほどに落花のしきりなる
花屑の川のまん中流れをり
谷すぢを横ざまに飛ぶ桜かな
いづくより吹き上がりたる花ふぶき
一枚の田圃のふちの山桜
宿木とともに老いたる山桜
散り敷いて岩をましろに山桜
奥へ奥へと女人高野の桜散る
散る花の水の面に重なりぬ

今日は見るものが、素直に五七五になる。句会を控えた構えがないからか。吟行も二日目になり、周囲の事物になじんできたのか。二日続きの吟行も、はじめての体験だ。日はどんどん高くなり、女性陣には日傘や帽子で肌を保護する人も。紫外線対策が必要になるとは、昨日の空模様ではまさか思わなかった。二日にまたがる遊びでは、全天候型の準備をすべき。これも今回の学びである。

駅前のドーナツ店で

午後一時、榛原駅着。昨日の一時の集合から二十四時間しか経っていないとは信じられない。三日も四日も花の中を旅していた気がする。

「楽しかったです、お世話になりました」。名残を惜しみつつお別れし、改札へと階段を上がり、近鉄特急に乗るはずだった。が、階段下でUターン。時間の許す女性たちで句会をする相談が、耳に入る。

ここまで来たら行きましょうぞ、第二ラウンド。でも場所は？　駅前を見渡し、ドーナツ店に入ることに。でも短冊はどうするの？

短冊、清記用紙、選句用紙、いずれも鞄にあるという。完璧なる準備！　いつなんどきでも句会をはじめられるよう持ち歩いているとは。

コーヒーとドーナツ一個であまり長々と居座るわけにいかない。早速短冊が配られる。七人で五句出しだ。

「目の前にまだ桜があるよう」「夢の続きにいるみたい」「もう何日かしたら、まとめられるかもしれないけど」「ああ、言いたいことが言えない」。口々にうめきつつ、十分間で出句。複写式の清記用紙に書く。そういうものがあるのを、はじめて知った。七句選で、各自で披講し合評まで終えて、一時間で終了した。やればできる。俳句ってほんと、その気になれば、状況を選ばずできるものなのだ。

順不同で一句ずつ紹介する。

落花浴ぶまでと山坂登りけり　陽子
千年の幹を巻き込み花吹雪　しぐれ
飛花落花ひかりとなつて漂ひぬ　早智子
地に果つるまでの光となり落花　佳乃
鳥声の一種にあらず朝桜　圭子
はんなりといふは白にも山桜　冬か
奥へ奥へと女人高野の桜散る　葉子

桜にひたり、俳句づけとなった二日間であった。

神楽坂の旅館で袋回し

石畳に三味線の音

「神楽坂の旅館で句会をしているのよ」

　櫂未知子さんがおっしゃった。泊まるのではなく夜だけ部屋を借りて行う。神楽坂はかつての花街。表通りから一歩入ると今も石畳の小路が残り、料亭が点在すると聞いている。旅館まであるのだとは。しっとりした風情がありそうで、大人の夜遊びにふさわしい。

　未知子さんのお知り合いで広告代理店に勤める男性が呼びかけ人。彼の周りで俳句に興味を持つ人が、二か月にいっぺん集まって句会を催すようになってから、十年以上経つという。兼題で句会をし、時間があれば袋回《ふくろまわ》しもするそうだ。

　袋回し！　これも噂に聞いている。席題で作り、短冊を入れた袋を回して選句する形式の句会で、二次会などでよく行われるとか。ぜひとも経験してみたい。
兼題は五つ。「薬玉《くすだま》」「早乙女」「水中花」「蚕豆《そらまめ》」「夏帽子」。私には難題だ。蚕豆と夏帽子以外、現物を見たことがない。薬玉は歳時記で調べると、端午の節句の飾り物らしかった。香料を入れた袋を菖蒲などで飾り、五色の糸を垂らしたものを、柱などにかけて邪気を祓う。開店祝いで紐を引いて割るものとは違うのだ。早乙女、水中花と併せ、事典やネットで写真を見る。

薬玉のまはり五色の糸ゆれず
早乙女のかげのうつれる水の上
咲ききつて三日過ぎたる水中花
蚕豆のさやの内なる湿りかな
ゴム紐を嚙みてしよつぱし夏帽子

当日午後六時半。神楽坂の表通りはファミレスやセルフサービスのカフェが並ぶふつうの駅前商店街だ。地図によると、このあたりの細い道を入るはず……これ？　建物と建物の間の、室外機を置けばふさがってしまいそうなところを半信半疑で進んでいくと石畳の小路に出て、何やら粋な黒塀が。そここそがめざす旅館「和可菜《わかな》」であった。

瓦屋根の古い二階家。玄関の格子戸を開け、狭い階段を上っていく。上がったところの襖が開いていて、八畳間と四畳半をつなげ、十数名がすでに座卓を囲んでいた。料理は持ち込み。もともと夕食は出ない旅館という。幹事さんによれば、この日は階下に某脚本家が逗留し執筆中。足音をあまり響かせないようにとのこと。それ以前にこんな大勢がかたまっていて床が抜けないか。

呼びかけ人である宗形《むなかた》さんの名をとり「新宗形句会」。未知子さんと私を含め出席者は十五人、欠席投句四人。十年余の間に転居して出席できない人もいる。それでも続いているからすごい。

兼題句は作ってあるので皆さんなんとなく余裕がある。清記していると窓から窓へ湿った風が抜けて、いかにも夏の宵の雰囲気だ。お誂《あつら》え向きに三味線の音が流れてきた。「レコードかしら」「ライブよ」。出席者の交わす囁き。界隈には今も芸者さんがいるという。

「実演」でわかること

「書き終えたら間違いがないか、隣同士チェックしてください」と未知子さん。清記用紙を回すうちにお喋りの声が高まると、「お静かに。選句、命！」。要所要所で号令をかけ引き締めつつ進行する会のようだ。「放っておくと、たらたらになるのよ。怒って、もう止めるって言ったこともあるくらい」。私に説明する未知子さんの傍ら「たしかに何度か存亡の危機があったな」と遠い目をする宗形さん。それでも続いているわけを、追々私は得心することになる。

ひとりずつ披講し終えたら、未知子さんが季語を「実演」。水を張ったコップに水中花を落とす。このためにわざわざ持ってきてくださったのだ。泡を吐きながら沈んで色鮮やかに開くようすを、名句と共に紹介する。たいへんな教育効果である。私は自分の句の誤りがわかった。咲き「きる」とは言えない、一瞬で咲いてしまうから。現物を見ずに作った弱さが出た。

次いで未知子さんから、「水中花」で作る場合の注意事項がある。水中花だけを描写しようとすると行き詰まる。散らない、枯れない、閉じ込められて、といった句ばかりになる。薬玉は開店祝い系は論外として、残りのほとんどが柱の傷と関係させたもの。五月五日の背比べだ。ありきたりのところへ行かずに、いかに詠むか。実演をまじえて季語の説明をした上で、さらに無点句も含めた全句に未知子さんがコメントする親身な指導。皆さんが止めたがらないのがうなずける。

ちなみに薬玉は回ると五色の糸も揺れるそうで、現物を見ずに作った私の句の弱さは、そこでも露呈したのだった。
　未知子さんの特選。

踊り子の衣装は褪せぬ水中花　幸子
薬玉や子供ら潮のやうに去ぬ　炭心
薬玉を吊して風のあらたまる　照葉
薬玉の揺れに重なる寝息かな　典子
早乙女や風に吹かれて塩むすび　彩樹
早乙女や良き田の泥のよき匂ひ　里美
早乙女のさざめききたる渡し船　志津子
山下りて異国めく町夏帽子　牛

　終わって九時半。ここからは帰りが遅くなってもいい十人が残り、いよいよ袋回しである。小休憩のうちにトイレへ行こう。はじまったら席を立てまい。トイレは部屋の外だ。未知子さんは廊下で、宿の飼い猫と戯れている。

即吟でパニック

トイレから戻ると室内のようすが一変していた。兼題ではどこかまったりしていたのが、皆、前のめりに座卓に向かっている。席の前には短冊と定型サイズの茶封筒が。ふつう切手を貼るところに題を書くのだと、周囲の人が教えてくれた。私は勘違いしていた。席題は全員が出すのだ。

ここで私が体験した袋回しの方法を先にまとめて説明しよう。

①ひとりに一枚封筒を配る。②封筒の表に題をひとつ書く。③その題で句を作り、短冊に書いて封筒に入れる。制限時間内に何句でも。④合図に従い、封筒ごと右へ。左から来た封筒で③以下を繰り返す。

合図するのは未知子さん。タイムキーパーに徹するようだ。後で聞くと、一袋目だけウォーミングアップを兼ねて四分に、二袋目からは一分にしたという。

こうした方法を知らぬまま、いきなり袋を前にした。題は季語以外なら何でも可とのこと。「さきいか、とかでも？」と、目の前にあるおつまみを指す。「いいけど、作りにくくないですか」と即座に指摘される。そう、変に狭い言葉だと自分で自分の首を絞めてしまうのだ。神楽坂の「坂」にしよう。一句作って「できました。『坂』と封筒にも書きました。で、どうすれば？」「あっ、題を言ってはだめです」。周囲からたしなめられる。回ってきてはじめて題がわかるようでないと。

封筒の「坂」を消して題から考え直す。焦ってなかなか思いつかない。さきいかの載っている皿に目が止まる。これだ。

「皿」

洗ひたる皿すぐ乾く五月かな

ハンカチで口を拭ひて皿の脇

皿に水張りて浮かべる百合の花

竹落葉割れたる皿を捨てありぬ

「動詞の連用形＋あり」は、文法的に誤りか。後戻りできない。封筒に入れる時間も必要。折れ曲がりそうになりながら突っ込み、ん、まだ制限時間前？　もう一句いけるかと短冊をつかんだところで、「はい、次」。冷厳なる未知子さんの声が告げる。トランプのババを押しつけるような騒ぎが部屋じゅうに起きる。ストップウォッチを手に皆の慌てふためきようを眺める未知子さんの頬に、サディスティックな微笑みがたたえられているように感じたのは、気のせいだろう、たぶん。

少年は砂を蹴り上ぐ夏の浜　「少年」
天道虫一匹少年の手に

十七音になっているか数える間もなく「次」。

座興にあらず

それからはほぼ「出会い頭」で作っていた。五月の句会なので、夏の季語を入れることは考えて。「鳥」という題を見れば「鳥雲に」ととっさに書きそうになるが、いけない、それは春の季語。歳時記で確かめる暇はない。座興のように思っていたが、とんでもなかった。季語が頭に入っていないと苦しいことを痛感。「鳥」を含む先行句に引きずられるのにも要注意だ。この二点だけ気をつけて、後は反射神経しかない。

白日傘少し傾け鳥まねく　「鳥」
頬ばれる釘の甘さや薄暑なる　「釘」
白服の肩に隠せるほくろかな　「ほくろ」

冷麦をすする虫歯の頬押さへ　「虫歯」

腰ほそきひとりも混じり夏芝居　「腰」

腰据ゑてナイター中継見てをりぬ

ナイター中継は中八？　中九？　虫歯予防デーがあるから「虫歯」も季語？　すべて未解決。

短夜の白熱灯の　「熱」

悲惨、消しゴムで短冊を破ってしまった。脳裏の下五も散り散りに。捨てて別の句を作ろう。

微熱こもれる腕の下昼寝覚

なぜか中七から書いてしまい、入れ替えを示す線を引いたら、引くべき箇所をまた間違え、××で消してもう一本。ぼろぼろだ。

見た瞬間、思考停止に陥るような題もある。

ビアホール大衆といふここちよさ　「大衆」

ハンモック十五少年漂流記　「ハン」

ハンカチを捨つる今さら

中七までで無情にも「はい、次」と。次の封筒が来て「皿」と書いた自分の字に、終わったと知った。

ノンアルコールビールを缶からがぶ飲みする。すごい汗。卓球一ゲームくらいの運動をした感じだ。

放心する暇なく選句と披講へ。方法は次の通り。
①袋から短冊をとり出し、選んだ句の短冊の裏に自分の名前を書く。何句でも可。②右に回す。③一周したら、戻ってきた袋の句を披講。短冊の裏の名前の少ない順に。④その場で名乗り。回ってくる袋の題には、作ったはずだが記憶の飛んでいるのもあった。
座卓のあちこちで突っ伏したり腹を抱えたりしている。支離滅裂な句、あり得ないシチュエーション。むろん、「おおっ」と感嘆の声の上がる句も。

ハンを押す小さきマスに夏の影　英作

竹植うる日や鳥かごのうつろなる　茂根

夏という季節の中のかすかな憂いのようなものを、短時間によく表現し得たなと思う。短時間だからこその瞬発力がはたらくのか。

未知子さんが言っていた。袋回しは、理屈を捨てる、欲を捨てるのにもってこい。「そもそも俳句は百句作って一句残るかどうかなんだから」との言葉には、多作多捨《たさくたしゃ》の実践を垣間見る思いがした。

二次会の袋回しには、動機づけの意義もある。兼題で点の入らなかった人には再挑戦のチャンスとなる。「新宗形句会」の参加者は、俳句との関わりの長短も立場もさまざまだ。はじめての人、二十年を超える人。俳句で遊びたい人、本気で取り組んでいる人。その人たちが一緒に夢中になれる。

三味線の鳴るお座敷にも、朗らかな笑い声が届いていたに違いない。

雨の送り火、大文字

「でも」ではなく「だからこそ」

「大文字《だいもんじ》を見ながらする句会があるんです。どうですか」。石寒太《かんた》さんがおっしゃった。句会をするお宅から送り火が眺められるという。大文字は京都の秋の最大の行事。全国ニュースでも報じられ、歳時記にも当然載っている。見たいとは思いながらあきらめていた。宿や料理屋は満杯になり、観光客の多くは外で立って見る他なく、立ち止まるとたちまち道路や橋が人で溢れてしまうので歩きながら見る、と聞いた。その大文字が家にいながらにして見られるとは。

「それに……」と振り返ってしばし考える。そもそも夜遊びをはじめたきっかけは「夜でも吟行句会ができるのか」という驚きからだ。夜なんて暗くてものが見えないのでは？

と思っていたが、季語の中には夜しか見えないものや夜にこそ真価を発揮するものがある。夜「でも」ではなく、夜「だからこそ」のもの。大文字はその代表格だ。その意味でも、願ってもない機会である。

改めて歳時記で調べると、八月十六日夜、京都市東山の如意ヶ岳で焚かれる盆の送り火。起源は諸説あるが寛永年間に大の字形になる。「妙法」「舟形」「左大文字」「鳥居形」と合わせ五山《ござん》の送り火という。ちなみに「大文字焼き」という呼び方は誤りで、京都でそう言ったらその名を持つお菓子のことになるそうだ。

句会のあらましを事前に寒太さんに伺えば、関西の若手俳人による超結社の集まりとか。仲田陽子さん主催で陽子さんのお宅にて行われる。兼題が出ており、うち三題は「大」「文」「字」の一字を入れた当季詠。兼題句会の後に食事をいただき、午後八時に点火される大文字を見るそうだ。

耳の穴大きくみゆる夜長かな

文鎮と胡桃二つの残りたる

新涼や習字の墨のくろぐろと

兼題句を携え、東京駅で寒太さんと待ち合わせて出発。宿は幸い直前にキャンセルが出た京都のビジネスホテルをとれたが、寒太さんは一か月前ですでに空きがなく大阪泊まりになったとのこと。ほんとうに混むのだ。お昼のおにぎりを食べていると、突然の車内放送が。「東海道新幹線の運転見合わせについてお知らせします」。えっ、と喉を詰まらせる。この先米原～京都間で大雨のため運転見合わせ中とのこと。

悪天候もなんのその

「到着できるかな」「最初の句会に間に合わなくても、点火までには」「大文字やるかな」「ガソリンかけてでも燃やすんじゃないですか。これだけの観光客が詰めかけているんですし」。強引な予測を述べたてる私。

「まあ、どんな状況でも楽しめるのが俳句だから」。寒太さんのひとことに力が抜けた。そう、俳人の皆さん常々おっしゃっている。俳人に「あいにく」という言葉はない。晴れたら晴れたなりに雨なら雨なりに、そのときのことを詠むだけと。

同時に兼題のある意味も感じた。「大」「文」「字」の兼題が出ているから、仮に吟行ができなくても大文字句会が成立する。

幸い予定通り午後二時着。京都駅で陽子さんが迎えてくださり、お連れいただいたのはお宅に隣接する会社のビル。陽子さんは西陣織の作家でもある。三階の和室はふだん展示室にしている部屋だそうで、飾ってある帯を拝見し、京都らしい眼福に与《あずか》る。大文字は四階につながる屋上に出て見るそうだ。

参加者が続々集まり三時より兼題句会が始まった。他の参加者は五十音順に伊藤蕃果、岡田由季、木村オサム、毬月、小林かんな、曾根毅、時田勇二、三木基史、矢野公雄の各氏。そして、事前投句は済ませたものの、豪雨のため特急電車に閉じ込められてしまった宮本佳世乃さん。

高得点句を紹介しよう。

木戸開けて木戸の大きさ虫時雨　　木村オサム

木戸の大きさ、木戸のあった闇の大きさを、虫時雨《しぐれ》という音でとらえたのが面白いとの評があがった。

手花火に終はる異文化交流会　　岡田由季

情緒的な季語だが、「異」が入ることで手花火の現代的な光景を鮮やかに切り取った。俳句は一文字で世界が逆転することの好例と評される。

文鳥のくちばし夏休み　伊藤蕃果

季語の斡旋《あっせん》がいい。くちばしの太さは年中同じだが、家にいる夏休みにそれを発見した。

大文字まず心臓に点りたる　仲田陽子

点火の瞬間高揚する人の心と、字の心《しん》との両方を詠んでいる。送り火は字画をなす線の交差する中央から点くそうだ。長年大文字を見てきた方ならではの句で、さすがに読みも詠みも違う。

安《あん》心《じん》や五山の大を見て帰り　曾根　毅

点火されると、街はいっせいに灯を落とすそうだ。家々はむろん通りのバスやタクシーまでヘッドライトを消して、送り火を際立たせる。知らなかった。

句は再び街が動き出し、日常に復するところを詠んだ。燃やす材には人々が無病息災などを祈り奉納した護摩木も含まれるそうで、そのこともふまえている。

大の字の消えてゆたかに比叡の灯　石　寒太

家々の灯なら、消えてからの時間の流れがそこにあり、延暦寺で守り継がれる「不滅の法灯」のことならさらに深いものになる。

「大の字」という呼び方は歳時記にはない。比叡とあるから大文字のこととわかるが季語とはみなしがたいとする意見と、歳時記と一字一句違わないことより季感のあることが大事との意見とが出た。こうした異なる考え方に触れることができるのは超結社句会の醍醐味でもある。

お祝いの折句

五時半句会終了。ほどなくして陽子さんご手配の仕出し弁当が届く。伏見唐辛子とちりめんの甘辛煮、鱧《はも》の皮と胡瓜の酢の物など、京都らしい食事を堪能。食事会では折句が披露された。参加者のひとり岡田由季さんの句集が出たので、そのお祝い会を兼ねている。洒落のセンスを効かせた挨拶句のようなものだろうか。ゆきさん、おかだ、または句集名の『犬の眉』を上五、中七、下五の頭に折り込む。

夕空のきれいに晴れて秋刀魚買ふ

音を合わせて当季の季語も入れ、かつお祝いにふさわしいムードの句を考えるとなると難しかった。

ゆかしくてきちきちばった参じくる

小林かんな

「参じくる」にお祝いに駆けつけた感じが出ている。大人の祝意の表し方だ。こういう句をその場に応じて頭を抱え込むことなく作れるようになりたい。

和やかに過ごしつつ、気になるのは大文字が実施されるかどうか。参加者の携帯電話に着信音がたびたび鳴る。京都市の記録的短時間大雨情報のメールだ。帰りの足を心配しはじめる人もいる。特急電車に閉じ込められた佳世乃さんからときおり来ていたメールも途絶えてしまい、気づかわれる。

「実施する!」。

部屋からいったん姿を消した陽子さんが戻って来て告げた。屋上から見ると如意ヶ岳に小さな光が動いているという。点火準備の作業の灯だ。五山の他の山への合図も、そこから発せられるそうだ。願い事のある人は杯に火を映して飲むといいという昔からの言い伝えに従い、それぞれにグラスを手にして四階へ。私はノートも持っていく。屋上へ出ると、灰色の雲が夜空に低く垂れ込めて、その下に黒々とした山々の影が。京都が山に囲まれた地形であるのを実感する。

「大文字はあの山。妙法はあのマンションの後ろあたり」。陽子さんが指し示す。四十年前は五山送り火すべてが見えたが、マンションが増えて今は大文字のみという。定点観測を決め込んで、手すりの一箇所に私は張りついた。小ぬか雨が頬に当たる。習わしに従い、この建物の灯りもすべて消した。自分の書く字も見えないが、筆記具を構えて待つ。

お盆に先祖を

あの山と言われた闇に揺れていた小さな灯りが、止まったかと思うと大きくなる。点火だ。胸が高鳴る。火は五方へ広がるかたちで大の字のかたちになった。陽子さんの句の通り、ほんとうに中央から。「心臓」という言葉を実感する。火の勢いはまだ弱く、字画をなす線は点線だ。「今年はゆっくりやね」「雨やからね」。つぶやきに似た会話が、後ろで聞こえる。

ようやく線がつながり、炎に嵩《かさ》が出た。宙に立ち上がった大の字は左右対称ではなく、記号より絵に近い。人の姿を描いた原始的な絵のようだ。

つくづくと人のかたちや大文字
心の臓もっともあかし大文字

「掌を合わせてくださいい、京都じゅうのご先祖様がいっせいにお帰りになりますよ」。陽子さんが言ってはっとした。そうだ、これはお盆の送り火なのだ。歳時記の説明で読んでいながら、あまりにも観光の目玉となっているため、テーマパークの花火のような気に私はどこかでなっていた。行きの新幹線車内での「ガソリン」発言がはからずもそれを表している。その勘違いが改められた。

こんなところで突然思い出すのも妙だが、うちにも新しく先祖の仲間入りをした人がいる。長らく介護していた父を春先に看取った。桜のとき初の「外泊」をできたのも、そうした背景あってのことだ。死者の霊は子孫が祭祀を繰り返すことで高みに登ると、民俗学の本で読んだことがある。京都じゅうで今まさに送られている中にも、先祖になりたての霊がたくさんあるだろう。

あらみたまいくつ数ふる大文字
大文字一部始終を見送れる

残る山今年の大文字消ゆる
大文字果ててこの世の人いきれ

消えるまで三十分くらい。その間グラスを傾けることも忘れていた。ずっと立ち通しで、ノートはすっかり水を吸ってしまっていたが、少しも長いと感じなかった。むしろ惜しむ思いが残っている。虚脱感と入り混じった安堵感も。大文字を見ることができてよかった。四十年前でなく、今年でよかった。五山のあっちこっちに目を迷わせず、ひとつの火の最初から最後までを落ち着いて見届けられた。消えた後の闇を今一度振り返り屋上を後にする。

その後の句会はなかったが、参加者の方から後日、大文字の句をお寄せいただくことができた。

西陣や東《ヒンガシ》に大文字の火　　時田勇二
雨音の我も稜線大文字　　曾根　毅
なまなまと雨後の街あり大文字　　岡田由季
生まれ出た時の水の香大文字　　木村オサム

雨雲に紛う大文字の煙　仲田陽子

送り火の仄かに香る悳さあり　三木基史

大文字を見たあの日、あの場所、送り火と一体になって雨に包まれていた夜がよみがえる。

送る人送られる人大文字　毬月

大文字消えて人の世灯りけり　矢野公雄

大文字終はりて京を寂しくす　伊藤蕃果

特急が止まりついに間に合わなかった佳世乃さんも、乗り換えた普通列車の窓から眺めることができたそうだ。

映りたる文字の斜めよ大文字　宮本佳世乃

雨とあいまって、それぞれの胸により深く刻まれた大文字だった。

Ⅱ

無月の中秋管絃祭

都心でお月見

「たまには夜に吟行しましょうか」。片山由美子さんがおっしゃった。「楡《にれ》の会」の席上だ。由美子さんのお声がけで中堅女性俳人が月に一回集まる句会で、私も勉強に通っている。ふだんはもっぱら昼間の吟行だ。めいめいで吟行し、公民館や生涯学習センターに缶入りのお茶を持ち込んで、近くにそうした施設がなければ喫茶店付属の貸会議室、カラオケルームなどで句会をし、夕方前には解散という清く正しい遊びである。

「お月見句会はどうかしら」と由美子さん。そう、月は花と並んで大きな季語、なおかつ夜でなければ見られない。この機にぜひに！

とはいえ、皆さんお仕事もあればご家庭もある。泊まりがけで「かたぶくまでの月を見しかな」ということはなかなかできない。調べると、皆が無理なく行ける範囲で、赤坂の日枝《ひえ》神社にて中秋管絃祭《かんげんさい》なるものがあると知り、それを中心に月見吟行をすることにした。旧暦八月十五日当日の夜六時開演。近くのビルの貸会議室を八時から十時まで借り、エレベーター前に七時五十分集合である。

月見吟行がはじめての私は、季語をノートに書き抜き予習した。八月十五日の月は名月、明月、望月、満月など。月全般は月白、月の出、月光、月明など。これらはたぶん空が晴れ、月が見えるのが前提だろう。予報では当日が近づくにつれ天気は下り坂になり、見えない公算が強まってきた。その場合の季語も追加で仕入れる。曇りなら無月、曇る名月、月の雲、雨なら雨月、雨名月、月の雨など。歳時記の説明を読むと、いずれも空の仄《ほの》明るさが、季語の意味に含まれているようだ。

当日朝、予報を見ると曇りマーク、六時からは傘マークになっていた。なんと吟行の時間に限って。大文字のときもそうだったし、ひょっとして私は雨女なのか。「いや、俳人に〝あいにく〟という言葉はないというではないか」と自らを励まし出かけていく。

地下鉄溜池山王《ためいけさんのう》駅から直結のホテル内を通り、三階にある玄関を出れば、すぐ脇が日枝神社の鳥居だ。日枝神社は赤坂の高台に鎮座している。傘をさし急な石段を上れば、上りきった正面に「当日券」の貼り紙が見えた。神門を閉ざした前に台を設け、管絃祭の入場券を売っている。ということは「前売券」を持った人もいるわけか。脇に一箇所だけ開いている小さな門には長い列ができ、半券を切ってもらっては中へ入っていく。列の中に由美子さんと高田正子さんをみつけて駆け寄り、吟行を共にすることとした。

神々と心ひとつに

塀に囲まれた四角い庭にはパイプ椅子が並んでいるが雨に濡れ、人々は本殿の中へと誘導されていく。傘をたたんで中へ入れば、そこもごった返して椅子はほぼ埋まっていそう。空席を探し、狭い通路を前へ進むと、係の人から靴を脱いで壇に上がるよう指示された。えっ、いいの、神様のこんな近くに？　壇の右端に座り、横から観覧するかたちになる。これは相当ラッキーかも。雨は私に幸いした。

しかし窮屈。前にも後ろにも人が座り、脱いだ靴と傘とを置けば膝を崩す余地もないほどだ。開演まで四十分もあり、今から正座していてはもたないと、少しでも楽になる工夫をしていて、はたと気づく。こんな奥に詰め込まれては、雨月の空すらも見えない。「管絃祭は見えるけど、月は見えませんね」。由美子さんにそう言うと、

「ま、想像で。季語はいろいろありますから」

見えなくても詠んでいいんだ。ということは雨月無月に限らず満月としてもいい。そう解釈しておこう。

女性の声で放送が流れる。「雨天のため月見団子を殿内で販売させていただきます。五百円でございます」。えっ、いいの、神様の前でものなんて食べて？　戸惑うこと再びだ。団子の包みを首から下げた男性が、混雑をかき分け、まさかの移動販売をはじめる。壇上ではさすがに控えるべきかと思ったが、すぐ前のおじさんが身振りで「一個」と注文しているのを見て、すかさず私も人さし指を立てる。串刺しのみたらし団子と小豆あんの団子で、伝統的な月見団子とは違うが、雰囲気を味わった。

神官が登場し、額ずいて祝詞《のりと》をあげる。くぐもった声は謎めいて、私はただ頭を垂れてかしこまっていたが、ところどころ聞きとれるに及んではっとした。「神と人とが共に楽しみ共に和み」「心ひとつに奏で」「あな面白しあな楽しとおぼしめし秋の夜長のひとときを」……。そう、『古事記』で知る日本の神々も遊び好きだったではないか。天の岩戸に隠れてしまった神も、外で踊りを囃したてる神々があんまり賑やかで楽しそうなものだからつい覗いたのをきっかけに、出てきて世界を照らしてくれた。神に喜んでもらい、神の力をいただく。厳粛なだけではない日本の神と人とのありかたを思い、満月を愛でる今宵に管絃祭を催すわけも、得心できた。

殿外で山王太鼓が鳴り響き、壇上には黒烏帽子《えぼし》に紫の装束を着けた楽人たちが現れた。笙《しょう》の音が先導する「ザ・雅楽」という感じのチューニングから、そのまま曲へ移行する。奏でるのは篳篥《ひちりき》、笛、琵琶、箏《そう》、鞨鼓《かっこ》など。私には楽人の斜め後ろの横顔が見えるが、琵琶奏者の睫《まつげ》の長さに驚いた。月の光が射したなら、くっきりと影を落としそうだ。琵琶を弾くには、おのずとうつむきがちになる。平安貴族なら雲間に月が出た瞬間に見たこの憂い顔により、一発で恋に落ちるのだろう……などと、イケナイ想像をしてしまった。神楽は巫女二人の「剣の舞」、次いで四人の「悠久の舞」。冠に黄菊とおぼしき花を挿し、手にも黄菊を捧げ持ち、秋の風情がたっぷりだ。

ここまでで七時二十分。管絃祭はまだまだ続くようだが、私たちはそろそろ出ないと。女性の声が何やら放送している間に、「すみません。すみません」と詫びの言葉を連発し、人々の踵《かかと》を跨《また》いで退場する。

雨ならでは

外へ出れば、わあ、本当に月は見えない。振り仰ぐ空から細かな雨が落ちてきて、四方のビルを濡らしている。ここは赤坂、雲はその上にある月の光を透かすだけでなく、下からも光を受けて仄明るい。見とれていると石段で滑りそうになる。月見吟行で空を見たのは、この一瞬だけだった。

会議室のあるビルの地下のカフェで、集合時間まで句作する。今日の会議室は飲み物つきだが、食べ物の持ち込みは禁止。サンドイッチを齧って黙々と投句準備と腹ごしらえだ。エレベーター前で集合し、会議室へ。都心の貸会議室はさすがきれいで、女性スタッフがお茶の注文をとりにくる。カラオケルームや喫茶店付属の貸会議室では自分たちでとりまとめ、壁の電話で注文するのが常の私たちは、感激した。

出席者は管絃祭から同行の三人の他、五十音順敬称略で岩田由美、浦川聡子、佐藤博美、仙田洋子、高浦銘子、福神規子、三吉みどり、森宮保子の十一名、欠席投句の山田径子を加えると十二名だ。人数と十時までという時間から、ひとり八句、八時十分締切と決める。各人持参の短冊を出し、ただちに無言で書きはじめる。全員が出したら、清記《せいき》用紙と共に短冊を配って、ただちに清記。清記が済むや、ただちに選に移りノートに写しはじめる。すべてが「ただちに」で無駄なく進む。自分の清記した紙が回ってきて、はじめてひと息。いつの間にか運ばれてきたコーヒーにはまったく手をつけていなかった。

選句用紙は使わずに、ノートを見ながらそれぞれが披講し、合評へ。進行役は立てず、自分の書いた清記用紙について受け持つ。

人の句を読んで、季語の予習が不足していたことに私は気づいた。時候の「仲秋」と天文の「月」「名月」とその傍題は下調べしたが、生活の「月見」とその傍題はまるっきり抜け落ちていた。観月、月まつる、月の宴など、いい季語がたくさんあった！
私の出した句のうち点の入ったのは、はじめの四句だ。

長き息月下の笛に吹き入れる
満月や琵琶抱く人の伏し目なる
竜笛の高く雨月の神楽殿
神官の所作の音なき雨月かな
中秋や太き柱の神楽殿
満月に古事記の神の賑はへる
月の出を山王太鼓もて迎ふ
並びゐて月見団子を手送りに

点の入った句にも指摘が加えられる。一句目「〝入れる〟が口語だったので採らなかった」という人。採った人も、「気づかなかった。〝入れぬ〟と読み違えて採っていた」と。正しくは「入るる」だった。恥ずかしい。文語が身についていないことが、焦って作るとすぐ出てしまう。
琵琶の句は「『源氏物語』の『宇治十帖』そのもの」だそうだ。雲に隠れる月を琵琶の撥《ばち》で招くことができると語るシーンがあり、月の出を願う今宵には合っていると。これまた恥ずかしくも私は知らなかったのだか、詠み手の頭にない内容を読み手が与えてくれるから、句会はほんとうに面白い。

月の客傘のしづくを払ひけり　高浦銘子
雨音を重ねて月を祀りけり　高田正子
名月やメメント・モリと草そよぐ　山田径子
石蕗の葉の薄く光れる無月かな　岩田由美
家元の活けたる月の芒かな　福神規子
うつくしき辞儀いくたびも月の宴　佐藤博美
端正に男の坐る素秋かな　森宮保子
管絃の灯の煌々と雨月かな　仙田洋子
笙の音のふくらんでゆく月の雨　浦川聡子
仲秋や芒をたかく巫女の舞　三吉みどり

十五夜の雨となれども神遊び　片山由美子

本殿に入る際のなにげない所作、管絃祭のはじまるまでの待ち時間、神官に従っての二礼二拍手一礼、月なき空と対照的なきらびやかな歌舞のさまが、多様な詠みを促した。「完璧な良夜より、かえってよかったかもしれない」と由美子さん。いろいろな季語が出たし、雨でなかったら生まれない月の句もあったと。私もそう思う。満月のもとの管絃祭だったら、あまりに絵になりすぎて逆に難しかっただろう。

雨でも詠める。雨ならではの詠み方ができる。俳句の醍醐味だ。

大きくて、身近な季語

皆が緊張感をもって進めたために、部屋を使える十時まで十分を余して終了。いやー、集中した。相変わらず真面目だった。夜に時間を移しても酒の一滴口にするでもなく、いつもながら清く正しい句会だったが、これはこれで充分中秋を堪能した。

地下鉄からＪＲに乗り換え、家の最寄り駅で降りて深夜営業のスーパーへ。レジ袋をさげ軒先から振り仰げば、小ぶりになってはきたけれど、やはりまだ傘をささないといけなさそう。

　ここにも雨月の空がある。赤坂ほどの明るさではないが、住宅街の灯を映して。特別な宴を催さずともよい。たまたま近くに管絃祭があり出かけたが、月はどこにいても愛でられる。いつもの駅からの帰り道でも、家のベランダでも。大きな季語にして、もっとも身近な季語でもあるのだ。

　どこにでもある夜の季語と、その土地ならではの夜の季語と、両方を詠みながら夜遊びを続けていこう。

奥美濃の古式鵜飼

奈良時代よりの伝統

鵜飼《うかい》の吟行があると聞いた。岐阜市の渡辺純枝《すみえ》さんが主宰する「濃美」俳句会の五周年を祝う会のとき、出席者の間で持ち上がった話だという。

鵜飼についてはほとんど知らない。鵜の首に縄をつけて操り、鮎を捕ったら縄を締め吐き出させる漁法というくらい。文庫版『俳句歳時記』で調べると「夏」の巻に載っていた。「鵜舟の舳《へさき》で篝火《かがりび》を焚き、それが川面に反映する光景は幻想的で美しい」とある。ということは夜の暗がりでこそ真髄を表すのだ！　願い出てお仲間に入れていただくことにした。

鵜飼といえば岐阜市の長良《ながら》川鵜飼が有名だが、今回行くのは長良川でもさらに上流の関《せき》市の鵜飼。奈良時代の史書にある「美濃《みの》鵜飼」の伝統を継ぐ古式ゆかしきもので、鵜舟と客を乗せた舟とが併走し間近に見ることができる。屋形船のような飲食や余興をするのではなく、ひたすら鵜飼見学に集中するという。

九月十四日の午後、岐阜駅で待ち合わせ。参加者は純枝さんの他、関市で合流する人も加え、飯田正幸、加藤かな文、加納輝美、髙田正子、藤本美和子、船戸成郎、古川美香子、渡辺竜樹、それに私の十名だ（五十音順敬称略）。自家用車に分乗し、早速出発。金華山のトンネルをくぐる。紅葉はまだだが、青い空に浮いているのは、入道雲とは違うまぎれもない秋の雲だ。鵜飼は夏の季語ではあるが、関の鵜飼はシーズンが長く十月十五日まで行われる。「秋鵜飼になるわね、今は。鮎もそろそろ落鮎」と純枝さん。『俳句大歳時記』で調べると「秋」の巻に「秋の鵜飼」という季語があり、闇の濃くなる秋は鵜飼本来の風趣が増すと書かれていた。期待がよりふくらむ。「落鮎」は産卵期を迎えた鮎のことで、これも秋の季語である。

赤い鉄橋にさしかかる。はじめて見る長良川だ。無人の木の舟が杭に繋いである。「川舟は細身ですね」と竜樹さん。さすが目のつけどころが違う。岩の上に黒い鳥が一羽、伸び上がり羽根を広げていた。「もしかして鵜ですか。鵜飼の鵜が逃げ出したとか」と問う私。

純枝さんによれば、この辺にいるのは川鵜で、鵜飼に使われる鵜は海鵜。川鵜より体の大きい鵜を、茨城県の日立から連れてきて数年間かけて調教するのだそうだ。「川鵜も鮎を捕ることは捕るけれど、自分で食べるだけ。漁はできないのよ」と、純枝さんは朗《ほが》らかに笑った。ふだん鴉か雀、せいぜい五位鷺くらいしか見ない私には、鵜が飼われているものだけでなく自然にいるというだけで感動だ。日本語には「鵜呑みにする」「鵜の目鷹の目」といった成句のあることを思えば、もとは身近な鳥なのかもしれない。

三百年前の闇

車窓の外に田んぼが増えてきた。色づきはじめた田に彼岸花が彩りを添えている。鮎之瀬橋の近くにある「関市円空館」へ立ち寄る。素朴な木彫りの仏像「円空仏」で知られる江戸時代の遊行僧、円空は美濃の人。修験道の教えに従い、旅から旅へ諸国を巡りながら、生涯に十二万体の仏像を彫り続けた。円空仏は古い民家や、小さな祠《ほこら》、荒れ寺などで発見されている。村によっては病気になると家へ持ってきて平癒を祈ったり、子どもたちが川遊びの浮きにしたりした。お堂の奥深く安置されているものではなく、人々のそばにあり触ったり抱きついたりすることのできるものだった。展示されている大きな観音像も、明治の洪水で長良川を流れてきたものだという。細身のかたちが舟に似ている。

秋晴れや円空仏をかつぎ出す

円空入定《にゅうじょう》の地は、関市円空館から五分ほど歩いた川のほとりにあった。一所不住の生涯を送った円空が死期を悟ったとき、入定の地にこの河原を選んだのにも、円空と長良川との縁を感じる。

秋日を浮かべる流れには、落鮎を狙う釣り人たちが長い竿を構えて動かずにいた。

関観光ホテルに着いてひと休みしたら、五時から早々に夕食がはじまる。舟に乗るのは六時四十分頃の予定で、それまでに済ませてくださいとホテルの人。二階の夕食会場から見える山々は、入り日にも間のある明るさで、夜になるのが待ち遠しい。

夕食は鮎づくしだった。鮎そうめん、姿造り、甘露煮、塩焼き、一夜干し、稚鮎の天麩羅、鮎雑炊。生の鮎ははじめてだが、半透明の身には臭みがなく、しいてあると言うなら水の香だ。ひと皿ひと皿残さず味わい、雑炊まですすり終えたところで目を上げれば、窓の外は完全に暗くなっている。

ホテルの人の先導で河原へ降りるや、瀬音と虫の声とに総身を包まれた。昼間は白っぽかった河原が、今はホテルの人の懐中電灯の光で、足元の石がかろうじて見えるくらいで、その石のすべての陰に虫がいて、後から後から声がわいてくるかのようだ。

歩き着いた汀《みぎわ》には、屋根つきの木の舟が十艘《そう》近く並んでいる。屋根の下に白い提灯がさがっているだけの素朴な舟だ。乗り込んで、薄明かりの揺れ方から蠟燭《ろうそく》の火だとわかった。電源や発動機はなく、人が棹さし漕ぐのである。

舟はすぐには出ないようで、舟板に座って改めて周囲を眺める。すぐ前の対岸には山影が黒い屛風のようにそそり立ち、それとホテルの建つ斜面との間に挟まれ、私たちは夜の底にいる。鵜飼がはじまるとホテルも照明を消すそうだ。

さすがは秋で、昼間は汗ばむほどだったのに、夜の風は冷たい。川の水は手を伸ばせば触れられる近さにあり、底の石が夜目にも見えるほどに澄んでいる。風の中に鮎の香を感じたのは、逸《はや》る気持ちが招いた錯覚か。

山影の屛風に視線を這わせれば、頭上は満天の星である。地よりわく無数の虫の声がそのまま結晶化したような星が、山あいの空いっぱいに瞬《またた》いている。芭蕉が鵜飼を見た三百年前の闇は、こんなふうだったのではと思われた。

舟に乗って併走

汀に鵜匠が現れて、ひとしきり説明がある。暗くて顔はよく見えないが、声からして存外に若い。鵜飼の装束は、麻の風折烏帽子《かざおりえぼし》に、木綿の漁服《りょうふく》。着物の上半分のようなかたちで、襟元から火の粉が入らないよう同じく木綿の胸当をつける。いずれも黒っぽい色なのは、鵜を刺激しないためという。腰蓑《こしみの》の下はむき出しの足で、臑《すね》まで水に浸けて立っている。鵜飼はそもそもなぜ夜なのか、説明で私は知った。鮎は夜、石の陰で休んでおり、篝火と舷《ふなばた》を叩く音とに驚いて逃げまどうところを鵜が捕らえる。いわば寝込みを襲うのだ。

鵜匠が汀を去って、ホテルの照明が消え、さあ、いよいよだ。上流から三艘の鵜舟が順に出発し、一艘に客の舟が三艘ずつついていくという。私たちの舟はいちばん最後だ。ふくらむ期待で、闇がいっそう厚くなるようだ。

どよめきが起こり、山影の黒い屛風を背に朱色の炎が現れた。一艘目が来たのだ。併走する舟に隠れて鵜は見えないが、水しぶきが盛んに上がる。篝火が右に左に揺れながら、煙を引いて遠ざかる。鵜舟とはこんなに速いものなのか。停まって漁をさせるのではない。流れに乗って鵜を走らせ、思いもよらぬ速さで駆け下る。二艘目を目で追う暇もなく、自分たちの舟が弾みをつけて岸を離れる。

それからの時間は飛ぶように過ぎた。瞬きも惜しんで見つめつつ、体は終始宙に浮いているかのようだった。下流へと揃って向いた鵜の頭は、濡れて火の粉に輝いて油をまとったようであり、なるほど昼間の川鵜とは比べものにならない逞しさだ。潜っては浮かび潜っては浮かびを繰り返し、勢い余って水の上に伸び上がり羽ばたくものもいる。潜るときも首だけ沈ませるのではなく、垂直に背中を立てて突っ込んでいく。動きが激しく数えにくいが、全部で八羽いるようだ。たまにいっせいに潜るときがあり、その瞬間水が平らになる。

鵜匠は舳で足を踏ん張り、篝火に照らし出されたその姿は、絵面《えめん》の見得《みえ》を切る歌舞伎役者さながらだ。水に投げた八本の縄はきれいに伸び、だが手元では細かに握り替えたりたぐり寄せたりを、ひっきりなしに繰り返している。

併走していたのは十五分くらいだったろうか。鵜舟を見送り、私たちの舟は岸に向かう。鵜舟も前の方に着いていて、鮎を吐かせているという。行ってみるとすでに吐かせ終わって、舷に留まる鵜を鵜匠が一羽ずつ首を摑んで、抱き寄せては縄を外しているところだ。解かれるまでの間、鵜は鵜匠を見上げるかたちに首を伸ばし、喉の裏側を鵜匠の胸にくっつけていた。

興奮さめやらず

ホテルに戻ったのが八時十五分。七句出し、九時集合、九時十五分投句締切ということでいったん部屋に入ったが、興奮さめやらず室内をやたらと歩き回るばかり。落ち着け！あっという間に集合時間の九時になる。夕食会場だったところへ行って黙々と短冊に向かい、どうにか投句。清記してコピーした紙が配られて、いよいよ句会のはじまりだ。七句選、うち一句特選。特選に採った人が評を述べた後名乗り、並選については名乗りのみで進め、それが済んだら選に入らなかった句も含めて皆で鑑賞する。同じ舟で同じ鵜飼を見た方々はどう詠んだのだろう。まずは他の方の句を、皆さんから出たコメントと併せて見てみたい。

逸《はや》り鵜の舟を曳きゆく如くなり　渡辺純枝

先頭をゆく一羽がまさしくこの通りだった。勢いと生命感がある。

いくたびも闇を潜りて鵜の荒ぶ　髙田正子

水の上も下も闇であることがよく出ている。禁じ手といわれる動詞二つが、ここでは効果的。「いくたびも」に闇の深まるにつれての鵜の昂《たか》ぶりや鵜飼が佳境に入るさま、鵜の疲れまでも見える。

水踏んで立つや鵜匠の臑若し　藤本美和子

水を「踏んで」というとらえ方と、若さを「臑」に見てとったことが秀逸。

鵜舟待つ水に手をつけたりもして　加藤かな文

待つ間の退屈が「たりもして」に重くない詠み方で表現されている。口語表現が効を奏している。私は口語表現が無意識に混じってしまうことがあるが、意識して取り入れることとの違いを学んだ。

篝火を落として虫の闇深む　古川美香子

鵜飼の果てた後の感じがよく表れている。

腰蓑を垂る丶滴の露けしや　渡辺竜樹

「露けし」の季語を持ってきたところが上手い。

舷に並ぶ疲れ鵜川を見る　飯田正幸

「川を見る」はだめ押しのようだが、そこにひかれる。疲れ鵜のようすはまさにこうで、実感がある。

一羽づつ抱き寄せ宥め鵜飼果つ　加納輝美

「抱き寄せ宥め」にひかれる。

秋の鵜の瑠璃ののんどをふくらます　船戸成郎

喉だけ瑠璃色であるのをよく見ている。「秋」は無理につけた感があるとする人と、いや、秋だからこそ「瑠璃」が引き出されてきたのであり、句の中で効いているという人と。鵜飼見学の疲れも見せず活発に意見が交わされ、奥美濃の夜は更けてゆく。

長良川を上って白山へ

合宿セミナーばりの勉強

「濃美」俳句会の渡辺純枝さんたちと共に、長良川の上流域にあたる関市で古式鵜飼の吟行をした。灯のほとんどない闇の中、鵜舟と併走する舟から間近に見て、興奮さめやらぬままホテルに戻り句会に移る。まず特選について評を述べ、その後で自由に合評する形式だ。

前編では参加者の皆さんのさまざまな句を鑑賞した。後編は私の投句した七句を、コメントをいただいたものについてはコメントと併せて載せていきたい。

川上の闇あつくして鵜舟待つ　葉子

かがり火の照らす鵜匠の膝頭　〃

いつせいに潜り鵜川の平らなる　〃

一瞬の静けさをとらえて、かつ、そのとき水の下での鵜の動きを想像させる。

つかれ鵜の喉鵜匠にあづけたる　葉子

「喉」まで言ったところがいい。

もつれたるままに自在の鵜縄かな　葉子

「自在」がいいとする人と、いや、「自在」が言いすぎとする人とに分かれる。さらには『もつれたる』の方が吟行句としては気になる、もつれてはいなかったから」と言う人、「いや、手元ではもつれていた」と反論する人。「いずれにせよ、説明的」との声多数。鵜縄捌《さば》きを詠むならばこちらの方がいいと、次の句が挙げられる。

水影の火影の鵜縄捌きかな　藤本美和子

「の」の使い方、「自在」とまで言わなくても「かな」によって鵜縄捌きへの感嘆を伝える省略の仕方は、とても上手いと評される。同感だ。
点の入らなかった句についても、取り上げて検討していただけた。

潜りたる荒鵜背中の黒き見せ

鵜飼は夜だから暗いことはわかっている、その上に「黒き」と言う必要があるだろうか。「黒き」を言いたいなら、次の句の方がいい。

いくたびも闇を潜りて鵜の荒ぶ　　髙田正子

「潜りたる」の句、作者の弁としては言いたいことの中心は「黒き」よりも「背中」、首だけ沈ませるのではなく体ごと垂直にし、ありありと背中を見せて突っ込んでいくのが驚きだったと話すと、それなら「潜るとき」とすべきとの指摘。「潜りたる」では潜った後のことになると。たしかに。助動詞「たり」の用法は完了や継続であり、瞬間の状態を言うのではない。そこを曖昧《あいまい》にして使ってしまった。

いずれにせよ、この句もやはり説明的。見たことを一生懸命説明している感じだと。そうなのだ。はじめての鵜飼に驚きがたくさんありながら、驚きの表現にまで至らず、何がどうしたと説明するので精一杯。次の句も同様だ。

伸び上がる一羽の交じる鵜飼かな

勢い余って水の上に立ち上がるように羽ばたく鵜もいた、その驚きを言いたいのだが、そもそも「伸び上がる」は、語感からしてのんびりした印象を与えてしまう。せめて「水に立つ」とか「つばさ張る」とかにすべきだった。言葉の選び方といい、助動詞「たり」の用法といい、説明をしたがる割に、説明そのものも不正確なのである。

総括として皆が一致したのは、鵜飼を詠む難しさだ。「鵜飼」という季語でほとんどすべてが言い尽くされている。美しさ、哀れさを含んだ情緒的な季語である。例えば、

一羽づつ抱き寄せ宥め鵜飼果つ　　加納輝美

について、こんな案も示された。「抱き寄せ宥め」にひかれるが、その上「果つ」は重ねすぎかもしれない。「果つ」で終わらせないため、「鵜飼果つ」という事柄を「鵜の喉」などの物に変えて、さらに句末から句中へ移して整えたら「抱き寄せ宥め」が生きてくるのではないか。

多くを語る季語だけに、残りの十二音で何をどう言うかが問われるのだ。

お酒も飲まず、午前零時まで句会は続いた。夜遊びというよりも合宿セミナーに来たよ

うだった。それくらい勉強になった句会であった。

川と共にある暮らし

勉強熱心な皆さんの希望で、翌日は鵜匠の家を見学できるよう幹事さんがとりはからってくれた。「鵜の家　足立」。ゆうべ私たちの舟に説明をしてくれた足立陽一郎氏の家で、ご本人はいらっしゃらないが、中に入って見学ができるという。

瓦屋根を戴く堂々たる門をくぐり、松と杉苔とが彩る前庭を抜けて、母屋へ。宮内庁式部職をつとめる足立家は、現当主で十八代目という。石敷きの土間を通って中庭へ出ると、木の台の上に腰蓑が広げて干してあった。藁《わら》がまだ湿りを帯びている。

中庭で目を引くのは四角いプールだ。ここで鵜に餌を与えたり、朝の水浴びをさせたりするそうだ。中庭に面した濡れ縁にも、鳥の和毛《にこげ》が散っていて、人と鵜が隔たりなく暮らしていることを感じる。

この時間、鵜の姿は見えず、土蔵とひと続きの鳥家からくぐもった声が聞こえた。格子戸から覗くと、鵜籠の中で眼が動き、編み目から嘴《くちばし》を出すものもいる。漁のシーズン中は鮎をよく捕るよう、餌やりは一日一回、鵜飼の終わった後だけという。今は夜に向けて、鵜籠の中で刻々と飢えをためているのだ。

くぐもれる荒鵜の声のけもののめき

ノートに書いて、すぐ×をつけた。「荒鵜」という季語は、闇の中の漁において野性を表す鵜にこそ使うのだろう。昼の鵜を詠む難しさを感じる。

家の玄関の反対側からは、そのまま岸へ出られるようになっていた。川と共にある暮らしが何百年と続いてきたのだ。

水分の神、農業の神

鵜匠の家を後にして、長良川のさらに上流へ。車で一時間ほど走ると、単線電車の駅が現れ、傍らの碑に白山長滝《はくさんながたき》神社と刻まれていた。鳥居をくぐり、苔生《む》した石垣と杉並木の参道を上る。参道の脇を清い水が流れている。突き当たりの石段を上りきった先に、白木の大きな拝殿があり、巫女がひとり神事の準備をしていた。拝殿の左右は吹き抜けで、正面も白木を格子に組んだもの。その向こうに高い峰々を望むことができる。まさしく白山を拝むように造られている。

巫女の話によると、ここは白山信仰の美濃における拠点。白山信仰のありかたは、日本海側で漁業の盛んな加賀や越前と若干違い、ここ美濃では白山は水分《みくまり》の神であり、農業の神として崇められてきた。仏教が入ってくる以前は、白山を向いて小さな祠があるだけだったが、天台僧が土着してからお堂や宿坊が建てられて、今につながるかたちが整えられる。修行の人々は長良川水系を遡《さかのぼ》って白山をめざし、彼らの通る道筋に信仰が広められていった。聖地詣でにも信仰の伝播にも、川がルートとなったのだ。明治になって神仏分離が行われた後も、神仏習合の時代の長かったここには、古い民俗や文化が残っているという。

秋風が縦横に吹き渡る白木のままの拝殿は、自然と一体の信仰のありかたを、その身で表しているようだ。格子の向こうで、峰々の木々がざわめく。遠からず冬が白山の頂から駆け足で降りてくる。

家族連れが現れて、晴れ着にくるんだ赤児をまん中に、お食い初めの神事がはじまった。信仰の過去のかたちを伝えるだけでなく、現在も人々の信仰を集めている。句会の予定のない日だが、誰からともなく皆句帳を開いていた。

白山長滝神社の社家である「若宮家」を見学する。板壁も柱も長年の囲炉裏の煙で黒ずんで、冬には雪の重みによって、部屋と部屋との間の襖も開け閉《た》てしにくくなるそうだ。

美濃の最奥のこの地は雪深い。「若宮家」は俳人も多く訪れており、次の句もここで詠まれている。

美濃ふかく入りて一位の実を吸へり　　飴山　實

玄関前の一位のつけた赤い実は、摘む前に潰してしまいそうなやわらかさだった。

昼の鵜をどう詠むか

郡上《ぐじょう》市の「古今伝授の里フィールドミュージアム」という公園の一角にあるレストランで昼食をとる。待つ間から皆無言で句帳をめくり、句会をする雰囲気むんむんだ。予感的中。同じ公園内にある「和歌文学館」の会議室を、幹事さんが急遽申し込んできて、第二ラウンドの句会を行うことになった。なんという便利な立地。そうなることを見越して、このレストランを選んだのかも。

先に帰った人がいて、参加者は九名だ。十五分で五句出し。七句選、うち一句特選。特選は評を述べてから名乗り、並選は名乗りのみ、その後自由に意見交換という、夕べと同じ形式で進む。

鵜匠の家を題材にした句には、次のような句があった。コメントと併せて紹介する。

鵜川へとつづいてゐたる通し土間　藤本美和子

川のそばで生きる暮らしを「通し土間」で表している。

籠の鵜の放つ一声獣めく　飯田正幸

漁に出る前の飢えたようすを「獣めく」で表している。「荒鵜」という季語を用いなくとも、鵜に宿る野性を詠むことができるのだ。

干しあげて鵜匠のよべの腰蓑も　髙田正子

鵜飼から一夜明けた時間の経過、漁に出ていない鵜匠の家という落ち着いた空間を表している。夜の季語を昼にどう詠むかについて、やはり学ぶことの多い句だ。

漁《すなどり》の鮎の傷あと冷ゆるなり　古川美香子

鵜の捕らえた鮎は嘴の傷がつくが、天然物の証しとしてかえって高い値がつくということが、鵜匠の家を出た後話題になった。それをすぐ句にした上手さ。季語の付け方も無理がない。

白山を望むこの地で

白山長滝神社の句も詠まれた。

豊年の土に突き立て太柱　　渡辺純枝

「太柱」に白山長滝神社の歴史の古さ、「土」や「豊年」に農民と共にある感じ、収穫を祝う気持ちが表されている。

白山の峰は秋風立つところ　　渡辺竜樹

白山の高さ、一帯の中心をなす存在であることを、すっきりと詠み上げた。

拝殿を色なき風の渡りたる

これは私の句だが、吟行句としてやはり白山という地名を入れたかった。私の詠みたかったことは竜樹さんの句によりよく言い表されていると思った。

曼珠沙華咲き初め古今伝授の地　　船戸成郎

よき句会を授けてくれた場所への挨拶句と読める。

山に人川に人いれ美濃の秋　　加納輝美

遠来の私たちへの挨拶句。美濃へようこその、もてなしの気持ちを詠んだという。先の句の他に私の出した四句を記す。

和毛散る鵜匠の家の昼間かな

食ひ初めの子のよく動く豊の秋

やはらかき指もて摘まん一位の実

枕木の四隅に高く虫の声

句会が終わり、車は長良川に沿って下るかたちで岐阜駅へと向かう。二日間を過ごした美濃ともうすぐお別れだ。通り過ぎる田んぼの稲穂も彼岸花も、昨日よりいっそう色を深めたようだった。

春日の森の神に会う

平安時代からの神事

奈良の吟行句会に、行方克巳《なめかたかつみ》さんがお声をかけてくださった。春日大社の摂社の若宮神社に平安時代から続く「春日若宮《かすがわかみや》おん祭《まつり》」に行くそうだ。十二月十七日の午前零時、神が若宮神社の本殿を出て一キロほど離れた御旅所《おたびしょ》へ渡り、このとき催される神事を遷幸《せんこう》の儀という。神は同日二十四時には本殿に帰ることになっており、それまでの間御旅所に滞在する神の前でさまざまな芸能が行われる。克巳さん一行は十六日午後に奈良に入り興福寺周辺を吟行して句会、その後遷幸の儀を中心に再び吟行するという。遷幸の儀はまさしく神の夜遊びだ。ぜひ行きたい。

参加者は克巳さんが共同代表をつとめる「知音《ちいん》」俳句会の方々で、関東からの一行に加え、現地で関西の人も合流する。東京から同じ新幹線に乗った方々は六十歳前後の女性で、幹事の鈴木庸子さんをはじめ、皆さん朗らかなお顔つきが印象的だ。席の近い人同士は車中で袋回しをはじめている。これから二度の吟行を控えているのに、なんとパワフルな。
京都駅で近鉄線に乗り換えて、奈良に着くと冷たい雨だが、皆さんめげるはずもなく、ホテルに荷物を置いたら早速吟行。興福寺境内にはおん祭を感じさせるものはなく静かで、鹿も松の根方に大人しくうずくまっている。南大門跡の礎石を霙《みぞれ》まじりの雨が打ち、五重塔を仰ぐ息が白い。

南大門跡の冷たき松の幹

初霜や五重塔の屋根の反り

興福寺近くの奈良県文化会館で午後二時から五時まで句会。克巳さんと私を含め三十二名、うち三十名が女性だ。十句出し、五句選、名乗りのみで点盛りや選評はない。克巳さんは特選十句、並選多数、読み上げて特選からコメントをしていく。特選句からいくつか、克巳さんのコメントと併せて紹介したい。

裸木となりて胸中何もなし　　中川　朝

目で見た風景と胸中とを重ね合わせているのがいい。

枯葎川一本を通しけり　鴨下千尋

大きくはない川が目に浮かぶ。「通し」ととらえたところが上手い。

なぐさみに何やら食みて冬の鹿　津田ひびき

鹿の咀嚼《そしやく》の反芻《はんすう》する特徴を「なぐさみに」ととらえたところに味わいがある。

留守頼む蒲団も干して旅支度　千葉美森

残る家族への気遣い、家族を残して出かける後ろめたさも表れている。

年に一度のお出かけ

おん祭吟行の後は句会をせず、後日句を集めて克巳さんが選をするという。参加者の中にはさまざまな事情で遷幸の儀までいられない人もいるが、見ないで作ってもいいからできるだけ出すようにと、句会の最後に克巳さんが促していたのが印象的だった。

「蒲団」の句にもひきずられ、句会の後の夕食で私はつい洩らす。介護をしていた頃は家をあけづらかったこと、仕事で出ても一本でも早い列車で帰るようにしていたこと。庸子さんを含む周囲の女性たちは深くうなずき、「誰だって多かれ少なかれ後ろめたさがあるのよ」「そこをなんとかやりくりして来るのよ」。皆さんのパワフルなわけがわかった。必死の思いで出てくるから、そこでの時間はめいっぱい遊ぶのだ。「おん祭の神様だって二十四時間だけでしょ」と克巳さん。ほんとうだ。心が少し軽くなると同時に「一年にたった一日許されたお出かけ、共に楽しみましょうぞ」と神に呼びかけたい気持ちになった。

　夕食後ホテルでひと休みしてから、夜十時にロビーに再集合すると、皆さんひと回りもふた回りも着ぶくれていた。天気予報では氷点下になるという。上り坂を歩き出せば、車通りこそないけれど外灯は点いていて「これなら寒くてがまんできなくなったとき、ひとりで帰ってこられるわね」とうなずき合う。正面に鳥居が浮かび上がる。春日神社の一の鳥居だ。ここまでは舗装道路である。

　参道に入ると急に暗くなった。左右は森で外界と隔てられている。この森の連なる先は神域で木を伐ることが禁じられ、原生林に近い姿が残されているという。歩くほどに闇は濃くなり、ひとりが点《つ》けた懐中電灯を頼りにかたまって進む。風は強く、頭上で梢がごうごうと鳴り、いくら寒くてもひとりで帰ろうとはもう思えなくなっていた。

左手の木立ごしに薄明かりが漏れてくる。矢来が組まれた中を覗けば土の広場で、火炎型の飾りのある大太鼓が一対置かれている。鼉《だ》太鼓《だいこ》というそうだ。奥は小高く土を盛り上げ、祠を大きくしたような小屋が築かれていた。神が二十四時間過ごす仮宮、ここそが御旅所だ。

参道をさらに進むと二の鳥居が現れ、その先は立入禁止である。参道の両脇に数十名の列がすでにできている。整理にあたる係の人の説明では、十二時前にいっさいの照明が消え、「をー、をー」という声が上からしてきて、松明に先導された五十人ほどの神職が神を囲んで通る。その際けっして写真を撮ってはならない、灯りもけっして点けてはならない。神にもっとも失礼なこととされている。おん祭は春日大社の神事の中でも秘儀中の秘儀、皆さんも秘儀に参列するつもりで臨むようにと。誰に見せるためでもなく、春日の森の奥深くで平安時代から守り伝えられてきた祭なのだ。

本殿から御旅所へ

空には星が満ち、ひとつひとつの角が風に研磨されたような鋭い光を放っている。やがてすべての照明が落とされ、あたりは真の闇となった。太鼓や笛の音がかすかに聞こえる。

本殿を出立したのだろうか。

　鳥居の向こうに点ほどの火が見えたかと思うと、みるみる近づき、炎に神官たちのシルエットが浮かび上がった。太く束ねた大松明《たいまつ》を二本、先導の人が地に引き摺ってくる。火の粉が地にはぜる中、白い衣の神官たちが前後に身を寄せ合って、間を榊《さかき》で埋めるように歩いていく。彼らの作る囲いの中に神はいる。

　神の姿は見てはいけないもの。考えてみれば神社そのものも、幾重もの絹垣や帷《とばり》に隔てられ見えないようにできている。目の前を通り過ぎていく神官たちの行列は、「見えないもの」という神のありかたを視覚化していた。

「をー、をー」という声は神のお出ましを告げ、失礼のないよう人を畏《かしこ》まらせるものだという。雅楽とひとかたまりになっていく。松明が遠ざかり元の闇に戻ると、参道の脇に並んでいた私たちは前から順に彼らについていくよう、係の人に言われた。歩き出せば前後左右の誰かに体が触れて、つまずいたら将棋倒しになりそうだ。足元に神経を集中させて進む。地面に火の粉が二筋点々と轍《わだち》のように残っていたが、やがて消えた。

　列は誘導に従って止まり、見上げれば御旅所の入口だ。矢来の上に高く張られた綱の上で、大幣《ぬさ》が風に揺すられ綱に巻きつかんばかりである。鼉太鼓のそばで庭燎《にわび》が焚かれ、ここでは闇はいくぶん薄い。

列は前から御旅所に入り、遠巻きに神事を見ることができた。はじまったのは暁祭《あかつきさい》。御旅所に到着した神に朝食を差し上げるのだ。燃えさかる庭燎の煙と、鼉太鼓の陰になって全貌は見えないが、雅楽が奏でられる中、膳が次々運ばれていく。餅や酒、穀物、魚、野菜を載せた膳を、神官が頭上に捧げ持つ。次いではじまる巫女の舞。神は畏れ多いものではあるが、饗応の仕方は人間のそれと同じだ。美味しい物でもてなし歌舞音曲で楽しませる。

屋内でなく土の上、月星の下で行われる神へのもてなしは、遷幸の儀とはまた別の、原初の神事の姿に思われた。風はいよいよ激しく吹きすさび、巫女の白い衣があおられて、下につけた緋の衣が背中までむき出しになる。それさえも、もてなされて楽しくなった神の悪戯のように感じられた。

寒さに耐えかね、仲間と共に御旅所を出る。ホテルに歩き着いたのは午前二時過ぎ。悴《かじか》む手をさすりながら克巳さんが言ったのは「神の夜遊びに付き合うのも楽じゃないね」。ほんとうに。

姿なきものをとらえる

皆さんの句が楽しみだ。見えない神、見えない部分の多い神事を、皆さんはどう詠むのだろう。克巳さんの選を経た句からいくつか、私の鑑賞と共に紹介する。

天に綺羅地に火の道やおん祭　行方克巳

壮大な構図が、大いなるものを感じさせる。天と地の両方に配置された光が、その間に挟まれた闇の深さをも表している。

人はただ人形《ひとがた》とのみおん祭　行方克巳

単に人がシルエットとなっていたことだけを言うのではない。人を超越したものが、人のかたちをしたものとは別に、あのときたしかにいた。

ことふれの風のにはかにおん祭　鈴木庸子

荒星の雲吹き散らしおん祭　原川　雀

仮宮の竜笛に和し虎落笛　菊田和音

神の現れを、風にとらえて詠んでいる。ことふれの風であり、御旅所に奏でられた笛に呼応して吹く風だ。竜と虎の組み合わせも、大きな力を感じさせる。

暗闇に耳を欹《そばだ》てておん祭　大野まりな

神渡るけはひこそあれおん祭　中野のはら

姿のない神をせめて気配でとらえようと待っていた。そしてたしかに気配を感じた瞬間があったのだ。

浄闇の火の二筋やおん祭　大橋有美子

神のお渡りの列を私たちがもっともありあり見ることのできたのは松明だ。それに焦点を当てた。

庭燎の爆ぜに爆ぜたりおん祭　吉田あや子

庭燎の勢いに、神の昂ぶりと祭が佳境に入ったようすが表れている。

鼉《だ》太鼓の音のゆらめきおん祭　帯屋七緒

音の「ゆらめき」という表現に、庭燎と一体となった超越性のようなものを感じる。

選句には克巳さんの総評が添えられていた。「春日若宮おん祭は八百七十有余年の間絶えることなく続いている、まさに闇の中の神事である。この祭に取り組んだ二十余名が、それぞれの見方で、仲々難しいこの祭の特色をよくとらえた句を作ったと思う」。私の句については克巳さんに印をつけていただいた句を、直しのあるものは原句と並べて記す。

地にはぜる火の粉を踏みて御祭　原句
地にはぜる火の粉を踏みておん祭　添削後
寒月や頭上に運ぶ神の膳　原句
寒月やかざして運ぶ神の膳　添削後
凍星をたかきに指して巫女の舞　原句
凍星のたかさを指して巫女の舞　添削後
おん祭見えざるものを見送りぬ　原句
おん祭見えざるものを見んと佇つ　添削後
土を踏み木の根を踏みて神遊び

皆さんの句を読んだ後では、自分の句はおん祭の核心をとらえていないと感じる。原初の神事の持つおおらかさの方へ逃げてしまった。「闇の中の神事」の凄みにもっと正面から向き合わなければ。その力をつけるためにも、夜の吟行に精進しようと思うのだった。

年忘れの煤逃句会

忙中閑あり

十二月に入っても忘年会に出ることなく黙々と仕事をしていたら、夜遊びのお誘いをいただいた。「件《くだん》」煤逃《すすにげ》句会。十二月二十六日沼津で一泊するそうだ。

「煤掃《すすはき》」ならそろそろせねばとプレッシャーを感じていたところだが、「煤逃」という言葉は恥ずかしながら私は知らない。『俳句大歳時記』で調べると家の掃除から逃れるために外出してしまうこと。「男の滑稽と悲哀を象徴する季語として詠まれている」とある。

解説を読んで心が動いた。去年までの私にとってその時期は、親の家の掃除や正月準備のまっただ中、出かけるなんて考えもしなかった。けれども、この年末は事情が違う。人生ではじめて迎える実家のない年末だ。ひとり暮らしの私はもう、この時期家を離れても誰にも迷惑かけやしない。男もすなる煤逃をしてみるチャンス！

「件」の会は結社の主宰や代表をはじめとする方々の集まりで、平成十五年に俳句関連の書物を対象とする「みなづき賞」を設けるにあたり雑誌「件」を創刊している。事前にいただいた案内には、沼津行きの一行のお名前が記載されていて、五十音順敬称略で、榎本好宏、櫂未知子、黒田杏子、西村和子、仁平勝、橋本榮治、細谷喨々《りょうりょう》、横澤放川《ほうせん》と、特別会員の飯田秀實《ひでみ》。お名前の横に「２」と数字の記されているのは夫人同伴で、ご夫人連は「なでしこ件」と呼ばれていると後に知る。予定では沼津駅に午後三時半集合、宿泊先に荷物を置いて自由に吟行、句会は五時から沼津市若山牧水記念館にて、兼題は年末の季語一切、投句は五句となっている。

二十六日金曜は午前中都心で仕事をし、午後二時頃の新幹線に乗った。多くの会社は今日で仕事納めだが帰省ラッシュにはまだ早く「こだま」の車内は空いている。列車がホームを滑り出すと、さきほどまでの慌ただしさを後ろへ置いていくようだ。兼題句を作ろうと句帳を開くが、窓からの陽ざしが白い紙をよりいっそう白く見せて眠気を誘う。目覚めると、晴れた空に富士山がそびえていた。新しい雪をまとって間もないのか、一点のしみもない白さで裾野を長く引いている。新幹線は出張で何十回と乗っているが、富士山を久しぶりにゆっくり眺めた。

文人の愛した海辺

三島駅で在来線に乗り換え沼津駅着。タクシーに分乗し宿へ向かうと、商店の立ち並ぶ駅前通りからやがて千本松原と呼ばれる景勝地に入る。風光明媚で気候も温暖な沼津は、昔から多くの文人が訪れたが、中でも若山牧水はこの松林にひかれて移住し、大正期に県による伐採計画が持ち上がったときは、新聞に論陣を張って反対し、松林を守ったという深いゆかりを持つ。宿の沼津倶楽部は明治の粋人、ミツワ石鹸二代目社長の造った庭園内にあった。部屋に荷物を置いた私は窓からの眺めにときを忘れ……いけない、吟行をするのだった。玄関に出ると、他の方々はすでに向かいの牧水記念館に出かけたと宿の人。慌てて後を追う。

牧水記念館では折しも、市で持ち上がった松の伐採計画に反対する運動の記者発表が行われていた。牧水の志を今に受け継ぐ人たちがいる。

牧水記念館の裏木戸を出ると、すぐ前が海だった。舗装された遊歩道が横に通り、階段から浜へ降りられるようになっている。道に佇み階段に腰掛け、それぞれに句帳を広げているのが、未知子さん、嘵々さん、放川さん、少し離れて勝さんか。階段のついていないところはコンクリートの斜面になっていて、中学生とおぼしき制服姿の男の子たちが廃材をソリ代わりにして滑り降りることを繰り返している。斜面には、手頃な流木を拾ってきたらしき棒きれも並べてある。あれをバットに三角ベースでもしていたのか。この年頃の男の子は、何でも遊びにしてしまう。「私たちが来たとき、向こうから挨拶してくれたのよ」と和子さん。

日は早くも傾いて、私たちの真正面から金色の光を沖に注ぎ、眩《まぶ》しさに目を傷めそうなほどである。冬にしてはめずらしいほど凪いでいるこの海が、駿河湾だ。振り返れば後ろに富士がそびえていて、その前には雪をかぶっていない山が見える。「あの山は愛鷹《あしたか》山と言って、初夢の一富士、二鷹、三なすびの鷹はあれのことです」。地元静岡出身の放川さんが教えてくださる。

浜ではしゃぎ声が上がった。男の子のひとりが制服のズボンを脱ぎ、下半身はなんとパンツ一枚で海へ入っていく。「いくら沼津は暖かくても、あれは寒いよ」「風邪引いて寝正月になるんじゃないの」と集まって見る私たち。「彼らの方も不思議だろうね。僕らがずっといるのが」「いい大人が暮れの忙しいのに何しているんだろうって」。そう話す皆さんの姿も、肩の張らない服装のせいもあり、どことなく少年少女めいている。沖の金色の輝きはしずまり、日の沈むあたりだけが朱に染まる。和子さんが突然笑いだした。「どうしたんですか」と私。「あの子、今『ヤベェ、彼女ほしいー！』って叫んだのよ」。そうなのか。私は誰かが奇声を発したな、くらいにしか思わなかったが、さすが男の子を二人育てた母親、よく聞いている。やがて彼らは夕陽を背に立ち、集合写真を撮りはじめた。少年期のこの一日はどのような一日として、彼らの中に刻まれるのだろうか。

薄墨色の空に細い月が昇った。「そろそろ入りましょうか」。好宏さんが最年長らしい落ち着きをもって木戸の中へと促す。五時になるところだ。

その気になればスピーディー

牧水記念館の和室には、藍染めの上下を着た杏子さんが先に着いていて、お寿司を食べてきたのよと言っていた。沼津ではそれも楽しみのうち。仕切りの襖《ふすま》を開けた隣の和室に「なでしこ件」の方々が控え、秀實さんは両方の部屋を行き来し写真を撮っている。句会参加者は私を含め九人である。座卓についた皆さんは早くも短冊に書きはじめる。投句締切は何時ですかなんて尋ねるまでもないと悟った。書き次第出し、全員が出し終えたら即開始なのだ。しまった、少年につられてのんびりしすぎた。

必死で書いて出し、清記に移り、清記し終えたらすぐ選に入る。特選は設けず七句選。

私のところで溜まりがちな清記用紙を必死で回す。一周し選句用紙に写しはじめると「書かなくていいって。自分の選を読めば」と、喨々さんが耳打ちで教えてくださる。選句でいっぱいで、人の説明を全然聞いていなかった。危なっかしい私のようすに、喨々さんは保健室の先生のようなこまやかさで気づいていたに違いない。

合評もまたスピーディー。「件」の編集人もつとめる榮治さんが、この多忙な皆さん方の原稿をとりまとめるにはこうでなくてはと思うほどみごとな仕切りで進行する。「煤逃」の句、次いで吟行句、兼題を皆さんのコメントと併せて読んでいこう。

煤逃と知れる荷物のこればかり 西村和子

あっさりした味わいがいい。

女ざかりの妻連れてすす逃げか 黒田杏子

こんな煤逃の句見たことない、ふつうは妻を連れていかないもの。座がわいて、勝さんが以前作った句が話題になる。

夫婦して煤逃げといふ離れわざ 仁平　勝

夫婦揃って出てきては煤逃にならなさそうだが、「だから離れわざなのよ。ご覧なさい、そこの美女たちを」と杏子さん。次の間に控える「なでしこ件」は、いるだけで雰囲気が明るく華やか。なるほど無理してでも連れてきたくなるのがわかる。

煤逃を一所懸命致しけり　　櫂　未知子

俳句らしい滑稽感がいい。

松千本その一本に年惜しむ　　橋本榮治

千本は残像で、一本に焦点を合わせたとき年つまる感慨がわく。千本松原への挨拶句でもある。

年の瀬の水平線を見てをりぬ　　仁平　勝

ものほしそうでないところがいい。

白富士やまだ何もなき少年期　　横澤放川

まっさらな白さ、富士という唯一無比の存在が、かけがえのない少年期と合っている。

少年よ海に冬日の沈むまで　西村和子

「よ」の呼びかけが新鮮で、句を精彩あるものにしている。「まで」に、沈むなよ、いつまでも少年でいろよという、少年期への祝福が表れている。

棒きれと中学生と冬の海　岸本葉子

羅列して、投げ出しただけなのが面白い。今日の景を離れたら少年期のやるせなさを伝えられるだろうかとの疑問も示された。

手びさしに海の入り日を年の果　岸本葉子

「手びさし」と「年の果」が合っている。

日の脚ををさめ冬日の海に入る　細谷喨々

「日の脚ををさめ」という表現がうまい。

残照はわがうちにあり着ぶくれて　櫂　未知子

「あり」は観念色が強くならないかという意見に対し、いや、「あり」と気障《きざ》にもってきて「着ぶくれて」でうっちゃりをかけているのが面白いと。若いうちでないと作れないと評された句の作者、未知子さんは「件」では最年少である。

数へ日や日毎に重き小銭入れ　細谷喨々

実感がある。買う物が多いし、忙しくていちいち小銭を出していられない。財布が重くなるならうれしいけど、「小銭入れ」というところが俳諧味。

全天を星埋めつくす狸罠　橋本榮治

中七までは豪華で、そこへ「狸罠」をつけたのが力量。「狐罠」ではこの味は出ない。「この罠、銀座のクラブ？」なんて大人の会話も交わされる。

湯加減を二度も聞かるる柚子の風呂　榎本好宏

いいと言うまで聞かれそうな、怖い奥さん？　旦那さん？　いやいや、もらい湯をよくした昔、主が湯加減を聞くことになっていたんだよと好宏さん。子どもの頃から父・飯田龍太さんの客の多かった「山廬《さんろ》」の現主人、秀實さんは次の間で深く頷いていた。

ねんねこのみんないづらはおころりよ　横澤放川

ひらがなだけの優しさが「ねんねこ」に合う。

数へ日の話し足りなき母帰す　榎本好宏

せつなさ、悲しさと、これまた優しさのある句。

この一日《ひとひ》惜しみて年を惜しみけり　黒田杏子

リフレインがレトリカルだが実感として琴線に触れる。来年も一日一日大切に生きようと思わせる。

終了は六時十分。なんと中味の詰まった一時間余であったことか。「やっぱり句会は楽しいね」「その気になればこんな早くできるんだもの」「またやりましょう」。座卓を片づける皆さんの顔は晴れやかだ。

夕食の席で「なでしこ件」を含めた女性陣と話す。明日はおせち料理を作るという人、掃除をするという人。一泊抜け出しおおせても帰ればやはりすることが待っている。私も明日は……数えかけて頭を振る。沼津にいる間は考えまい。東京に着いたら切り替えよう。遊びも仕事も他の用事も「一所懸命」、そのときそのときを大切に。そう心を新たにした「煤逃」の夜だった。

俳句好きの集う居酒屋

謎めいたお題

「夜遊びなら『銀漢亭《ぎんかんてい》』を覗いてみたら」。夜遊びをご一緒した俳人の方々から、よく言われる。「行けば何かしら句会をしているから」と。

「銀漢亭」は、俳人の伊藤伊那男《いなお》さんがマスターをしている居酒屋である。「銀漢」は伊那男さんの第一句集のタイトルで、主宰する俳誌も同じ名だ。

東京の地下鉄神保町駅から徒歩数分。神保町はいわずと知れた古書の街、学生街で、大手町にほど近くビジネスマンも多い。そんな街の一角に、夜な夜な句会をしている店があるとは。行ってみたい。

満席で入れなくては残念なので事前に聞くと、ちょうど「火の会」という超結社の句会が、数日後にあるとのこと。そのお仲間に加えていただくことにした。

　出句は七句。兼題があるそうで、伊那男さんがファクスで送ってくださる。季語から「涅槃《ねはん》」一般、「鳥雲に」、詠み込みで「コルク」、「めね」。

「涅槃」「鳥雲に」は歳時記で調べて作る。「涅槃図」はインターネットで画像を検索。「コルク」は季語ではないので辞書を引くと、「コルク」のつく言葉で具体的にイメージできる物は少ないとわかった。コルク栓、コルク板くらいか。材料となるコルク樫、別名コルクの木は南欧原産という。

　もうひとつの詠み込み「めね」には首を傾げた。二つの音をこの順で句のどこかに入れればいいということか。季語で「め」か「ね」の音を含むものを探し、それと「ね」か「め」のつく普通名詞や動詞を組み合わせる。

　　亀鳴くを聞いて寝返りうちにけり
　　鳥の目に魚の目に釈迦寝ねませり

　この作り方は自分に都合よく解釈したもので、「火の会」で求められているのはもっと高難度のことであったと、後に句会で私は知る。

手書きメニューとカレンダー

できたつもりの句を持って、二月のさる日の午後六時半、神保町の駅から地上に出る。道ばたに古書のワゴンが並ぶ昼間の風景にはなじんでいるが、この時間、表通りの店はあらかた閉まり薄暗い。路地へ入れば六本木、赤坂ほど繁華でないが、小さな飲食店の灯が点々と。私がこの辺に勤めていたら、ふらりと寄ってしまいそう。

そのひとつが、めざす「銀漢亭」だった。ガラスの嵌《はま》った木の扉の上に、豆電球で縁取られた黒板ふうの看板がかかっている。扉を開ければ、わっ、細長い。入ってすぐが立ち飲みの黒いカウンター、その先の壁にくっつけた半円の黒テーブル。カウンターも半円テーブルもすでにお客さんでいっぱいで見通しがききにくいが、奥の黒テーブルを囲める席が句会場なのだろう。黒いシャツ姿の伊那男さんが、お客さんの後ろをすり抜けるように動き回っている。さすが立ち仕事、スリムでいらっしゃる。

壁の下半分は黒っぽい板、上半分は土壁ふうのクリーム色で、夜にふさわしい落ち着いた雰囲気だ。見上げれば天井には青と白の豆電球が天の川のごとく帯をなして輝いている。これぞ店名にもある「銀漢」なのだ。

奥へと進みかけ、壁の貼り紙に立ち止まる。今週のおすすめ料理、おすすめの日本酒などの手書きメニューとカレンダー。なんと、すべての日に句会の予定が入っている週も。四月に催されるお花見句会の案内もあった。貼り紙をしておけば、来たい人が勝手に名前を書き込んでいってくれて便利と「火の会」の人。

通りすがりに半円テーブルに目をやると、短冊も筆記用具も出ておらず、皿を並べてお食事中。ふつうのお客さんもいるんだと思ったところへ、「火の会」のひとりが来て挨拶を交わしはじめる。この上の二階が「銀漢」の編集室になっており、彼らはそこで句会を終えてきたそうだ。

「飲んじゃいけない句会は上で。飲まずにいられない句会は下で」と語る。「火の会」の人は後者である。皆さんそれぞれ自分流に、この空間を使いこなしているのだった。

紹介が遅くなったが、「火の会」の本日の出席者は伊那男さんの他、五十音順敬称略で、天野小石、太田うさぎ、齋藤朝比古、阪西敦子、佐怒賀直美、卓田謙一、広渡敬雄、峯尾文世。この店にたまたま飲みに来た同士「句会しましょうか」とはじまって、そこへ同じくたまたま来合せ「選句して」と言われた人が次の回から加わるなどして、十年以上続いているという。定例は月一回だが、ゆうべもここで夜十一時過ぎまで自分の誕生会をしていたという人も。

「今日のメイン料理は湯豆腐だって。近所にいい豆腐屋さんがあるんだけど、近くても豆腐は重いからね。買い出しがたいへん」とメンバーのひとり。客なのになぜにそんな詳しいのかと訝《いぶか》しめば、たまにお店の手伝いもするとのこと。常連さんがカウンターの中へ入ってお酒を注いでいる、なんてこともこの店ではよくあるらしい。はじめはきょろきょろするばかりだった私も、しだいにここ独特の居心地のよさになじんできた。

仕事をしながら参加する

私たちのテーブルには短冊が用意されていて、十九時が投句締切。遅れる人の分のスペースを空けて、清記をはじめる。「あ、来た」。こちらへ向かっている人からスマートフォンに投句が届いたようだ。皆で画面を覗き込み、手分けして清記。同じ趣味を持つ者同士のチームワークと「お互い様」の精神を感じる。酒場に来るまでの時間は皆それぞれに仕事をしている。月一回の句会の日は、早く出られるようやりくりしたり、スムーズに抜けられないときはこんなふうに助け合ったりすることで、続けることができるのだ。夜遊びの初心に返る思いである。

向かいの厨房では、伊那男さんが葱を切っている。店の料理は伊那男さんがひとりで作るそうで、この日は投句、選句、シェフ、オーナーとひとり何役もの活躍だ。

コンビニでコピーしてきた清記用紙を配り、選をはじめる。無言になり、やがて笑い声がもれる。「いろいろ考えるね」「苦労の跡が見えるね」。このときに私はようやく気づいた。「めね」は、「め」と「ね」をくっつけたままでないといけなかったのだ。

二音のひと続きを詠み込む題は、毎回設けているらしい。すごく作りにくいだろうに、あえてそうするところに遊びの中の勉強心を、私は感じた。

披講の済んだところで、ポテトサラダ、卵焼き、タコのカルパッチョがテーブルに。ここからは食事をしつつ、敬雄さんの司会で合評に入る。

その句を採らなかった人にも発言を促して、異なる意見が積極的に交わされるよう勧めていくのが印象的だ。話のはずんだ句を兼題ごとにいくつか、みなさんのコメントと併せて紹介したい。


まだ明けぬ谷戸に鳥啼く涅槃かな　　天野小石

「谷戸」が鎌倉を想像させる。鎌倉の山ふところに抱かれた寺の佇まい、涅槃会《え》のその日が特別な日であることを思わせる。「まだ明けぬ」は他の言い方ありそうと言う人も。

涅槃絵のこゑうばはるるとりけもの　峯尾文世

絵に声がないというのは知であり、理の勝った句と言えば言えるが、「うばはるる」が鳥獣の嘆きをよく表している。

山並はさざ波なせり鳥雲に　伊藤伊那男

中七までが「鳥雲に」と近いのでは、別の季語ではどうかとの意見に対し、いや、「鳥雲に」の高さ、遠さ、広がりが「さざ波」に見えるのだと、採った人。

喫茶室に横顔ばかり鳥雲に　阪西敦子

喫茶室ではつい外を見てしまうもの。その顔が並んでいるのと「鳥雲に」とが合っている。

春の雷もうすぐコルク抜けさうな　太田うさぎ

抜けそうで抜けないぞわぞわする感じと「春の雷」とが合っている。別の人は、雷が告げる春の到来の喜びと、コルクを抜くお祝いとが合っているのだと。

コルク栓膨れてバレンタインデー　佐怒賀直美

「膨れて」が俳句的着眼だが、そこへ「バレンタインデー」だと人間くさくなり過ぎるのでは、との意見に対し、いや、幸せに満ちた時間と「膨れて」が合うのだから、ここはバレンタインデーでなくてはとの声も。

焼印の薄れしコルク春の月　齋藤朝比古

コルク栓の中でも「焼印」に着眼したのがいい。「薄れし」と「春の月」はつきすぎではとの意見も。

三陸の若布根付くと便りかな　卓田謙一

「かな」でなく「来る」ではどうか。あるいは「かな」を使うなら、「若布根付くの」としてはどうか。語法の話がしばらく続く。

「伊那男さん、どう読みましたか」。誰かが呼びかけると、「うーん、『めね』を離れるとどうかな」と厨房からコメントが返ってくる。いやいや、「めね」で作ったことを知らずに読んでも滋味のある句と、話がまたひとしきり。

如月や雄螺子雌螺子の散らばつて　広渡敬雄

「散らばつて」に如月の光を感じさせる工夫がある。螺子《ねじ》は整理して置くものなので「散らばつて」はあり得ないのではという指摘も。これも「めね」の句だ。「伊那男さん、どうでしょう」。誰かが再び声をかけたそのとき盛大に油のはねる音がして、「なんか焼きはじめた」「今火から離れられなさそう」と厨房の見える席の人が、実況中継をする。

開かれている扉

私の句では、次の句に意見が分かれた。

囀とマヨルカ焼とコルクの木　岸本葉子

「囀《さえずり》や」で切って、後の二つを並列する方がいい。いや、三つ並列のままでいい。ポップスのタイトルにある「部屋とYシャツと私」のような軽みなのだと。どちらの説もなるほどと納得。検討しよう。

合評は一時間ほどで終了し、筆記用具を片づけたテーブルに鯨のステーキ、次いで湯豆腐が土鍋で登場。木綿豆腐の次は、鱈に舞茸、絹豆腐に白菜と何回も具が追加され、そのたびに味が深まっていく。

「意見が具体的でしょう」と敦子さん。直美さんも言う。「自分にとっての俳句の当たり前が、ここでは当たり前でない。それが面白いんです」。超結社で集まる醍醐味だろう。

あるときは下五が「〜は」で終わる句を出した人がいた。その人の結社ではよくあるかたちと聞いて、「じゃあ次は全員、そのかたちの句を作ってくることにしよう」となった。そんな試みもできる。

俳句に親しんできた人には、刺激を受ける場。そうでない人には俳句と出会える場だ。伊那男さんによれば、知らないで入ってくるお客さんの半分くらいは俳句をはじめるそうだ。朝比古さんはこのテーブルで句会をしていたら、カウンターの方に元の上司がたまたま来て「お前、何してんの」「実は俳句を」なんていうこともあったそう。そんなことから人との距離が縮まるかもしれないし、俳句仲間になれたらより楽しい。

俳句の扉は誰にでも開かれている。誰の内にも星のごとくきらめく詩心がある。天井に点滅する青と白の光を見上げながら、私はそう確信した。

司会、はじめました

進行は秒単位

始まりの季節、春。私はなんと「NHK俳句」の司会をつとめることになった。テレビ番組の司会はむろん初体験だ。きっかけは同番組の櫂未知子さんの回にゲストでお招きいただいたこと。そのきっかけをさらにたどれば、この「俳句で夜遊び、はじめました」の取材で、櫂さんの句会におじゃましたことなのだ。夜遊びがご縁ということで、番外編「司会、はじめました」をお届けしたい。

まずは放送までの流れをご紹介しよう。毎回選者から出される兼題があり、番組内やテキスト「NHK俳句」で前もって発表される。四月の第一週、第二週の回の投句は二月二十五日が締切だ。数千に及ぶ投句から選者が選をする間、制作スタッフは選者、ゲスト、司会（私）と個別にやりとりし台本を作成する。三月第三週の金曜、スタッフと私との打合せを経て、第四週の水曜に二回分を収録する。

私は投句にもひそかに参加することにした。句を作って送り放送を待つ視聴者の気分はどんなものかと。四月第一週、池田澄子さんの兼題は「桜または花」、第二週、星野高士さんは「朝寝」だ。

二月二十五日締切ということは、桜がまだ咲く前に投句しないといけない。現物を見ず想像で作るわけで、先行句と似た句ができてしまいそう。「朝寝」は恥ずかしながら春の季語だと知らなかった。「春眠」では作ったことがあり、それとの詠み分けが難しい。

夕方のしだれ桜の下にゐる

朝寝してつくづく部屋の四角なる

スタッフにも秘密の別名で、筆跡でばれることのないよう番組のホームページへ送った。この先も毎回続けていくつもり。入選句として自分の句を読み上げる日がいつか来ることを祈りつつ。

台本は、収録の五日前の打合せではじめて見た。台「本」と言っても綴じてはおらず、Ａ４の紙十枚ほどだ。スタッフが選者、ゲストとのやりとりで聞いた話を、時間の流れに沿って割り振ってある。冒頭の挨拶、コーナーの案内、締めの挨拶といった決めコメントがところどころに。

私がいちばんほっとしたのは、投稿のお知らせを番組の途中で言うようになっていたこと。番組の最後だと、放送時間の二十五分をはみ出てしまうおそれがある。何がこわいって、決めコメントを言い終わらず二十五分まるまる録り直しになることだ。スタッフからは、収録でも後からの編集はせず、生放送と同じくちょうどに終わるようにと言われている。正確には二十四分五十七秒である。

投稿のお知らせを先に言えると知り、肩の荷が半分下りた気分。後は、話の流れを覚えるのみ。ゲストのときは桜井洋子アナウンサーが「岸本さん、いかがですか?」などと話を振ってくれて、聞かれたら答えればよかったが、今回は振る側だ。ラインマーカーを買ってきて、台本を発言者別に色分けする。試験勉強と同じで塗ったからといって頭に入るわけでもないが、とりあえず安心だ。決めコメントは暗記しなくても、スタッフが紙に書いてカメラの前に出してくれることを期待しよう。

いよいよ当日、本番へ

後は遅刻せずに到着するのが私の仕事。それには早く寝ることだと考えて、前日は夜遊びなど当然せず、ジムで運動し良質な睡眠を得る。

当日は朝七時半に起き、鮭を焼いて、糠漬《ぬかづ》け、味噌汁、ご飯という正しい朝食で腹ごしらえして家を出た。メイクはふだんの通りしていき、着いてから直しとヘアセットをしてもらう。

メイクの話のついでに言えば、見た目関係は、この間結構努力してきた。歯を白くするという歯磨きを二か月前から使用。美容院に行くタイミングもこの日に合わせ、服も明るい印象のを買っておく。画面に映らぬ下半身はどうでもいいが、上半身に着けるものは大事だ。さらには汗をよく吸うタンクトップを通販にて購入した。緊張で大汗をかくに違いないと。

第一回のゲストは脳科学者の茂木健一郎さんだ。控え室でゲスト、選者と揃ったはじめての打合せ後、スタジオへ移動しリハーサルへ。茂木さんはさすがが、私が「茂木さん、いかがですか?」と振らなくても、澄子さんの話を受けてタイミングよく発言してくださる。いろいろな番組で司会をしてきた茂木さんが、三人の中で実はいちばん慣れているだろうが、私の役割はゲストと選者に安心して話していただくこと。リハーサルからすでに大汗をかいていることなど色にも出さず、「十年前から司会をしています」みたいな顔で座っている。スタッフから「岸本さんももう少し話に入ってください」と言われ、はっとした。そうだ、アナウンサーでない私がこの席にいるのはなぜ？　俳句修業中の身だからだ。俳句を作る立場から、もっと質問なり感想なりを言おう。

続いて本番へ。冒頭は、兼題を詠んだ選者の句が画面に出る。

想像のつく夜桜を見に来たわ　池田澄子

読み上げるのは私である。終わると正面のカメラのランプが点き、そちらを向いて挨拶。選者紹介、ゲスト紹介、入選句の発表へと進む。投句者の住所の地名、氏名、句そのものも読み間違えないように。画面の端で選者ひとりがコメントする句と、スリーショットでコメントする句とがあり、モニターを横目に見つつ進めていく。

四月からの新たな趣向は、特選句の発表に移る前、ゲストと私で特選句の予想をすることだ。台本は空欄になっており、リハーサルでも明かされず、本番でほんとうに予想する。自分の予想が的中……したかどうか、覚えていない。あの辺も画面の切り替えが結構忙しく、段取りだけでいっぱいいっぱいになっていた。

モニター脇には経過時間がデジタル表示される。二十四分四十五秒になったら、誰が何を話していても遮《さえぎ》って、締めの挨拶に行かねばならない。

三人で盛り上がっていたが、二十四分二十秒で突然会話が途切れる。澄子さんの質問に対する茂木さんの答えが済んだところで「ここからまた別の話をはじめたら終わらなくなる」と三人の誰もが思ったのだろう。沈黙の中、ヤバッ、なんとかつながなくてはと焦り、譫言《うわごと》のように喋っていたら、えっ、もう四十五秒？

「わっ、私が話しているうちに時間が来てしまいました。申し訳ございません」となぜか謝り、早口で締めの挨拶をして、五十七秒に滑り込みセーフ。

冷や汗かいても笑顔で学ぶ

終わってみると、これがよく言う「頭が真っ白」というヤツかと思った。話の中味をほとんど覚えていない。ただひとつ印象的だったのは、兼題について、想像で作ると似た句にならないかという私の質問に、澄子さんが「似ているなと思ったら、捨てればいいのよ」とおっしゃったこと。類想をおそれず、捨てる勇気を持て。緊張のさなかでも学ぶことはあるものだ。

控え室でお弁当を食べ、トイレで歯を磨いてくると、第二週の選者の高士さん、ゲストのＣＭディレクター中島信也さんが相次いで到着。お二方とは夜遊びの取材で句会をご一緒しており、初対面ではない。そのせいかリハーサルでは妙にまったりしてしまい、二十五分をはみ出てしまった。話の振りだけ確認し、中味は省略したにもかかわらずだ。まあ、本番だと私はどうせ緊張して早口になるだろうから、時間内に収まるものと思おう。ちなみに中味を抜いたのは、リハーサルで話すと本番でつい「さっきも話しましたけど」と言ってしまいがちだから。

この回も、冒頭は選者の句の読み上げだ。

雨音に街音交じる朝寝かな　星野高士

ゲストによる兼題句の紹介もある。

手の甲のねこの重さ朝寝つづく　新

新《あらた》は中島さんの俳号だ。次いで入選句発表、特選予想、特選句発表へ。選評を聞いていくうち、兼題の「朝寝」について少しわかった気がした。投句のとき私は「春眠」との詠み分けが難しく感じたが、しいて対比するなら「春眠」は寝ても寝ても寝足りない眠さ、「朝寝」は充足感の方に重きが置かれるのではないか。高士さんの句も新さんの句も、覚めてなお布団の中にいるところに心地よさがある。

「桜または花」も「朝寝」も、番組で取り上げた兼題は、私はけっして忘れないだろう。視聴者もそうであってほしい。そして何より、俳句って楽しそうだなと感じてほしい。せっせと歯を磨くのも、服の色を明るくするのも、冷や汗をかいているのがばれないタンクトップを着けるのも、ひとえにその願いゆえだ。

高士さんの回ならではの趣向は、ゲストと私が番組内で句を作ること。これにはあらかじめ宿題が出る。新年度を通じての高士さんのテーマは「日常の移動を詠む」。ゲストと私は日常の移動の中で、詠みたいと思った風景を何枚か写真に撮り、スタッフに送る。当日の打合せで、どの一枚にするかを決め、控え室の隅で作句。その句はリハーサルでも隠しておく。高士さんは本番ではじめて読み、その場で添削する。段取りはまず写真を先に出し、次いで句を書いた色紙を出す。新さんの写真は、通勤路の傍らに咲く雪柳だ。

雪柳背広の風に遊びをり　新

添削

雪柳背広の風に急ぎをり

「遊ぶ」とあえて言わず、その感じは「雪柳」に託すのだ。私の写真は、曇り空に立つカーブミラー。

霾やカーブミラーのふくらみに　　葉子

添削

黄砂降るカーブミラーのふくらみに

「霾《つちふる》や」より「黄砂降《こうさ》る」の方が動きが出ると、高士さん。風景から句の仕上がっていくプロセスを、視聴者には追体験していただけると思う。

収録後に句会

二回目も撮り直しはなく、夕方五時前に終了。魂の抜けたようになった私は、メイクを落としてもまだ呆然としている。初収録の日だから近くの店で夕食をとって帰ろうという話になった。店は六時半からという。高士さんとスタッフと四人で控え室で過ごしていたが、一時間もすると世間話も尽きてきた。「先生にただ時間つぶししていただくのも申し訳ないから、句会でもしましょうか」。高士さんが席を外した隙に私が言うと、スタッフの男性は「いいね！」、女性は「えーっ」と悲鳴に近い声。男性は構わず短冊を配りはじめる。「何、どうしたの」とドア口で高士さん。戻ってきたら部屋の空気が一変していたそうだ。

席題を高士さんに出していただく。「朝寝」「霾」「鉄」。思いがけない夜遊び句会のはじまりだ。十分後までに三句出し。歳時記も持ってきていない女性はひきつっていた。清記せず短冊をそのまま回し、その句を採る人は短冊に名を書いていく。

鉄棒の高さ確かめ卒業す　　高士
鉄鍋に餃子ぎつしり花は葉に　　一人
朝寝して私の形たしかめる　　あみ
霾や旗の余白に名のあまた　　葉子

初挑戦の女性が大健闘。逆らえず嫌々参加したかもしれないが、これを機に俳句愛好者になることと信じる。俳句番組収録の疲れを癒すのもまた俳句。引き続き俳句の話を楽しむべく、夜の街へと繰り出すのであった。

師弟の絆、芭蕉庵

三十三回忌に建立

懐かしい句会にお声をかけていただいた。高野ムツオさんの「土《つち》の会」。ムツオさんが主宰する「小熊座」の会員で東京とその近県に住む人が、月一回、主に土曜の昼間に集まっている。

私は俳句をはじめて間もない頃、何度かおじゃましたことがあった。句会の後行ける人で近くの店へ行っていることは知っていたが、当時の私には介護があった。昼間はきょうだいに頼んできて、夕方五時頃句会が終わるやまっしぐらに家へ急いだものである。

近頃は夜遊びも解禁したようだとムツオさんが知り、定例の昼間の句会に続いて「夜の部」も設けてくださるという。せっかくだから「昼の部」から参加して、夜まで遊び通すことにしよう。

地下鉄の早稲田駅から小雨の降る中、会場の史跡「関口芭蕉庵」へ。河岸の葉桜が濡れて目のさめるような緑をしている神田上水を渡り、胸突坂《むなつき》にさしかかってすぐのところに、小さな木戸の通用門があった。平屋建ての家の玄関に入ると、靴箱はすでに満杯。和室の襖をおそるおそる開けば、畳いっぱいロの字に机が並べられ、皆さん座って静かに短冊と向き合っている。しまった、一時着では遅かったか。慌てて筆記用具を取り出す私。

席題の「岸」で一句と当季雑詠三句を一時十五分締切で投句する。誤って短冊の裏と表の両面に句を書くなど、大焦りしてしまった。

有志が清記やコピーをしてくださっている間、管理人さんが庭を案内してくださる。傾斜地に池や小径が造られて、お堂や句碑が点在する。土木の知識も持っていた芭蕉は神田上水の改修工事に携わり、この近辺に四年間居住した。芭蕉の三十三回忌に弟子たちが師の木像を納めたお堂を建てたことから、芭蕉庵と呼ばれるようになった。五十回忌に弟子たちが建てた墓もここにあり、遺骨の代わりに芭蕉がこの地で詠んだ句が埋められている。

五月雨にかくれぬものや瀬田の橋　　芭蕉

早稲田の田の広がりを琵琶湖に見立てたという。

死後もそれほど慕われるとは、師弟の絆に感じ入る。墓石や庭のところどころに配置された自然石は当時のもの、建物は後世のものである。

自由に意見を述べ合える

「昼の部」は欠席投句四名、出席者二十二名、うち三名が初参加、うち二名は句会そのものがはじめてだそうだ。ひとりは高齢の女性で、ご本人いわく「脳トレのつもりで」俳句をはじめてまだ数年。もうひとりは四十代の男性で、もともと山頭火に興味があり、お遍路で回った松山でさらに俳句に触れて、帰ってからいろいろな本を読んだ中でムツオさんの句にひかれ、この先生のもとで勉強したいと思ったそうだ。

特選一句を含む七句選。披講の後、片づけをはじめないといけない四時半までの間、可能な限り合評をする。定例メンバー、初参加、ゲストなどの別なく自由に意見を述べ合うのが、この会の特徴だそうだ。ムツオさんの特選三句をはじめ、話が盛り上がった句からいくつか紹介したい。

東　京　の　ど　こ　も　絶　壁　飛　花　落　花　　我妻民雄

ムツオさんの評。「どこも」は抽象的で概念世界でありながら、実際のさまざまなものをイメージさせる。谷の多い東京の地形。ビル。億万長者に昇りつめてもいつ転落するかしれない人間模様。動きのある「飛花落花」と動きのない絶壁との対比もいい。

空気にも絶壁がありなめくじり　高野ムツオ（『蟲の王』）

との類似が気になるという声に対しては、ムツオさんはそうは感じなかったと。換骨奪胎《かんこつだったい》は悪いことではなく、芭蕉だって杜甫や李白をもとに作っている。人の発想はおおいに利用していい。とことんむさぼり咀嚼し肥やしにしていけばいいと。

月並のされど母校の桜かな　栗林　浩

ムツオさん評。「母校の桜」はたいていは失敗するが、陳腐なものを陳腐だと言ったことで成功した句。

薄氷の上に乗りたる一年生　田中和子

他の人の選には入らず、ムツオさんのみが特選に。「薄氷《うすらい》」に乗れるはずがないと誰もが思うだろう。乗れるとすれば死んだ子ども。命あれば一年生になるはずだった子どもが、北国の入学式に「自分も出たかったな」と思いながら川を流れていく。俳句の鑑賞にはときに独断が必要とムツオさん。

作者はこの日が句会デビューの方だった。「薄氷」という季語の内容をよく知らず、生きた一年生のことを詠んだそうだ。鑑賞が句を育てる好例だと、私は思った。

魂に剝製あらば滝桜　　瀬古篤丸

選に入れた人多数。魂の剝製《はくせい》という発想がいい。福島の滝桜を見たが、まさに魂を奪われるようだったとの評。ムツオさんは「魂に剝製のあり滝桜」ではどうかと提案した。「あらば」の仮定形が理屈っぽいし、それでつなげると、魂の剝製が滝桜しかないことになる。「魂に剝製のあり」と一般概念にしていったん切り、後は「滝桜」の象徴性に託す。魂の剝製のひとつとして滝桜がある、という意味にもできる。概念を打ち出すのは、俳句では危ういこととされるが、この句はそうする方がよいと。指導が具体的で丁寧だ。

私の投句は次の通り。

芭蕉庵の畳に春を惜しみけり

人ありし海岸沿ひに風光る

少しづつ人ゐなくなる春の雨
アパートの外階段の春の暮

俳句という型の中でいろいろな表現を試みている皆さんの句が、私にはとても意欲的に感じられた。

原点がここにある

閉門の午後五時、芭蕉庵を出ると雨はきれいに上がっている。

さあ、ここからだ！「夜の部」の店へと胸突坂を登っていく。自分の体を運ぶだけで息の上がる急坂だが、最年少の二十三歳の女性は元気に自転車を引いていた。私が前にこの会に出たときは、彼女は進学で東京に来たばかりだったが、今はりっぱな社会人。「この会のおかげでお酒を学びました」と笑う。親元を離れはじめてのひとり暮らしでも、そこに来れば師と呼べる人、仲間と呼べる人がいる。俳縁はいいものだと改めて思う。

会場は「野菜倶楽部　oto no ha Café」。三角屋根の一軒家ふう建物で、中に入ると、白い壁に木の柱、吹き抜けの天井が心地いい。大きなテーブルを十九人で囲み、ムツオさんは早速お酒を注文する。顔ぶれは「昼の部」と少々変わり、仲間に句を託して帰った人もいれば、昼は仕事でこの「夜の部」から参加する人もいる。

「夜遊び」の原点を思い出す。それぞれの事情や忙しさはあるけれど、例えば夜に句会をするという方法で俳句を楽しんでいる人がいる。その現場に行ってみたいと、自分もまた句会に参加できる時間の限られていた私は思ったのだ。

当季雑詠と兼題の「鈴」、合わせて二句を十分後の締切で。「音がしないで、音の感じられる句がいいな。鈴といえば鳴らすのは安易だな」。ムツオさんの言葉に慌てる。鳴らす句を短冊に書いてしまった！　消していては間に合わず、もう一句「鈴」で作って、当季雑詠に充てるつもりだった短冊に記した。

春星や鈴を鳴らしてまはす鍵

玄関に呼鈴ひとつ菜種梅雨

後の合評でムツオさんから「玄関に呼鈴はふつうひとつでしょ。二つも三つもないでしょ」と。「鳴らす」以上に「ひとつ」は安易なのだった。

清記、コピー、選と進むうちにも、料理は次々運ばれる。野蒜《のびる》と春菊などのサラダ、鶏のグリル筍とほうれん草添え、海老のフリット　ブロッコリーの素揚げ添え。野菜は静岡にある自家ファームで無農薬有機栽培し、野蒜はその畦《あぜ》に生えているものという。「俳句は料理や酒の味がまずくならない程度に厳しくしたいと思います」とムツオさん。「酔っぱらっているから変なこと言うかもしれないよ」と座を和ませながらも、「昼の部」と変わらず丁寧な指導だ。学ぶところの多かったムツオさんのコメントと共に紹介する。

海暮れて鈴鴨はまだ波間なり　増田陽一

情景は見える。が、芭蕉に次の句がある。

海くれて鴨のこゑほのかに白し　芭蕉

換骨奪胎かたまたま似たかはわからないが、芭蕉の句を超えるにはよほど頑張らないと。

春光と鈴カステラのある小皿　千倉由穂

カメラを覗く目が曖昧。小皿にピントが合ってしまっている。「春光と鈴カステラが皿の上」はどうか。

わたくしも含めて地球春の塵　松岡百恵

発想はいいが、これもピントの合わせ方がもうひとつ。「春の塵」に焦点を当て「わたくしも含め地球の春の塵」ではどうか。

遠ければ人もうるみぬ春の星　　柳　正子

季語「春の星」に、遠いこともうるむことも含まれるので本来なら言ってはいけないが、無駄な言葉をいくつも使い、亡き人を追悼する句にできている。セオリーは守るばかりでなく、ときに破ることも必要。

野に遊ぶ雲の自在を思ひつつ　　布田三保子

季語「野遊び」をこの言い方にするのは、ムツオさんによれば、いわばセオリーから外れること。ときにセオリーから外れることは必要だが、この句はあえて外れなくてもできる。「自在」も「野遊び」とつき過ぎるので、「野遊びや雲の自在は別にして」と離す方が、世界が広がる。

赤むまと黒むま合はす穀雨かな　　大場鬼奴多

この句は逆に、季語とどう響き合うかがわかりにくい。題材はいい。

敬愛する先生と

主宰と近々とテーブルを囲み、和気に満ちた中、反対意見も含めのびのびと意見を交わしている。ムツオさんは述べた。「先生が言ったから」とすべてを取り入れることはない。共感できたら取り入れて、取捨選択すればいい。先生に迎合しては、自分の俳句が育たない。俳句に絶対的な価値観はないのだから、自分の目標とする俳句、自分の価値観を持つのがいい、と。

初参加の男性は「ずっと続けたいと思います。先生の宮城の句会にも出ていいですか?」と声を弾ませていた。芭蕉と弟子の絆に触れたこの日、新たな師弟の絆の生まれる場に、私は立ち合うことができた。

「土の会」の名の由来は、土曜に集まるからだけではない。土の層から芽を出すような気持ちで句作に励むという意味も込められているそうだ。ムツオさんは「小熊座」の主宰に就任してから、遠方にもかかわらず可能な限り月一回指導に来続けている。この日も八時間たっぷり句座を共にし、最終の新幹線で帰られた。

今日は誰が横顔なるか余花の空　　　　高野ムツオ

句会でムツオさんは亡くなった身内の誰彼を思う句と言っていたが、私には次のようにも読める。遠くにいる師をさまざまな弟子たちが、空を仰いで思う句だと。

潜入！　渋谷の落語会

「古くさい」のに若い人が

夜の街のちょっと変わった噂を耳にした。渋谷で夜、月に五日落語会が行われ、若い人の間でじわじわ話題になっていると。浅草や上野ならまだしも渋谷で、しかも若い人がなんで落語みたいな古くさい……失礼ながらそう思ってしまった。

私にとって落語はお年寄りのもの。父が聴いていたラジオの落語番組からはおじいさんの声が流れていたし、晩年の父がテレビで好んで見ていたのは「笑点」。その落語が渋谷で定期公演を打てるほど盛況とは。

しかし考えてみれば俳句も、なじみのない人から古くさい趣味と思われている点ではいい勝負である。敵情視察というわけではないが、異分野の夜遊びの現場に潜入することにした。

毎月第二金曜から五日間開催、私は月曜の午後八時からの回に出かけることに。場所はユーロスペース内にあるユーロライブという劇場だ。ユーロスペースは私の若かりし頃、周囲で情報感度の高い人たちが通好みの映画を観に行っていた場所。はじめての私は地図をプリントしてきたが迷い、道玄坂上の交番でお巡りさんに道を訊ねる。

言われた通り角を曲がると、こっ、これは。夜遊びも回を重ね、繁華街に耐性のできたつもりの私も動揺する。繁華街の域を超えて歓楽街、ありていに言ってホテル街だ。怪しく光る看板がそこここに。どこかを境に文教地区に変わることを期待したが、それはなく、ホテル街のどまん中という立地であった。

コンクリート打ちっ放しの壁の階段。着いたのは七時半だが、すでに列ができている。中に入れば、黒い幕でおおわれた壁、赤い座席、舞台の中央を土俵のように高くして緋毛《ひもう》氈《せん》を敷いた上に、黒い座布団がひとつ。あれが高座か。舞台後ろの黒幕をスクリーンとし「渋谷らくごSHIBURAKU」の文字が映し出されている。座席数は見た感じ、百五十くらいだ。

二時間もたないことを考え最後列の端に座り、前方を見渡せば白髪頭がひとつもない。赤と黒で統一された現代的な空間といい、来ている年齢層といい「笑点」とはだいぶようすが違う。

会場で得た刷り物によれば、八時からの回は二ツ目と比較的若手の真打中心に四人が登場し、持ち時間は平等に三十分ずつという。噺家《はなしか》でわかるのは「笑点」に出てくる人のみの私は、四人の名を見ても誰がどういうポジションか見当もつかない。初心者でも楽しめるとのふれこみを信じよう。

来れば出会える

刷り物にある「落語気になってんだよ、どこ観に行けばいいかわかんないんだよね、という方から」との言葉に共感する。俳句をはじめる前の自分がまさにこうだった。たまたま私は知人の縁で俳句と親しむ場に出会えてよかったけれど、出会えていない人もいるわけで。だから「私は幸運でした」で終わらせてはまずいのでは、それだと「自分さえよければ」になるなという気持ちがある。

伝統的な遊びのつらさは、「そういうものがあるとは知っているけど、どこでどんな人がやっているのかわからない」ということだ。「俳句修業中です」と人に話すと、松尾芭蕉の頭巾みたいなものを被った先生について、風光明媚な場所に立ち、短冊に筆でさらさら書きつける、といった浮世離れしたイメージをいまだ持たれるほどである。距離感をもっと縮めたい。

俳句番組の司会をしていていちばんに願うのは、見る人に「楽しそう」と感じてもらえること。昔からの愛好家はむろん、俳句になじみのない人、たまたまテレビをつけただけの人にも、俳句ってなんか面白そうと思ってほしい。それが、自分も作ってみようとか、それには俳句の本をひとつ読んでみるかとか、近くに句会がないか探してみよう、といったことへの原動力になれば本望だ。

席はしだいに埋まってくる。開演の八時直前、私の隣に滑り込んできたのは、紺のスーツにショルダーバッグの勤め人と思われる三十そこその男性。やがて係に誘導された人々が座席間の通路の階段に順に腰を下ろしていく。満席になったのだ。

出囃子が聞こえ、スクリーン代わりの黒幕に「立川談奈」と映った。年の頃は四十くらい、真面目で優しげな顔をした、小学校の先生にいそうなタイプ……というか大学の同級生にもいたような。拍子抜けするほどふつうのタイプで、距離感を縮めるトップバッターにはうってつけ。

談奈さんはこの朝も渋谷のセンター街のどまん中のカフェで落語をしたそうだ。平日の朝、出勤前の人々が、映画や音楽、そして落語にも親しむ場が設けられているという。

昼間忙しくても俳句を楽しむことはできるというのが、「夜遊び」の連載をはじめたそもそものきっかけだったが、「朝遊び」という方法もある。それをすでに実践している人たちが、この渋谷にいるのだ。

意外な共通点

高座の方は、前の師匠の暴露話、師匠に教わった方言ネタなどの後、羽織を脱いだのが開始から三十分。えっ、ここからが本題？

そうか、と察する。他の寄席では若手は三十分も時間を与えられることがないのでは。落語はオチを言ったら、後へ延ばすことはできないから、時間が余るのがこわくて、つい前を引っ張ってしまう。誰でも同じ条件というのは、平等であると同時に、若手にはたいへんなプレッシャーであり鍛えられる。はじめて句会に参加したときを思い出した。

制限時間を五分オーバーして終了。方言がもとで引き起こされる騒動の話で「勘定板」という演目と後で知る。そう言えば演目は刷り物に載っていない。その場で決めるのだろうか。

続いては「橘家文左衛門」。「時間がおしているようで」と軽く嫌味を言ってはじめる。

年の頃五十くらい、やや強面《こわおもて》、鈴本演芸場の前でのピンサロ（私のエッセイにこういう言葉が登場する日が来るとは）の呼び込みとのやりとりを、けだるそうに声を落として話すので、聞き取ろうとつい前に身を乗り出す。

自分のその姿勢に気づき、考えた。お客さんに届くよう同じテンションを保つ談奈さん。やる気なさげにしてみたり「あれ？」と思う間をとったりの文左衛門さん。俳句に置き換えれば、私はどちらかと言うと前者だが、後者のような抜け感をもう少し持ってもいいのでは。

呼び込みから売り声へつながり、そば屋の話に。やけにお喋りな客が「当たり屋」という店名をほめ割り箸をほめ、その調子で勘定をごまかす「時そば」という演目。そばをたぐる、つゆをすするなどを、しぐさと口だけでの「効果音」で表す芸を堪能した。

隣のスーツ姿の男性は体をVの字に曲げ、椅子から尻を跳び上がらせて笑っていた。後ろでわいた拍手に驚き振り向くと、立ち見の人がびっしり。開演前立っていた人は通路へ座ったはずだが、その後また増えたのか。

三分のインターミッションを挟み「春風亭一之輔」の名がスクリーンに映ると大きな拍手。文左衛門さんよりさらに年上かと思えば、現れた人はたぶんまだ四十前、肌はつやつや、髪は坊主頭に近い。

マクラは短め、本題は太鼓持ちが行きずりの男に取り入って鰻《うなぎ》をご馳走になろうとするところから。これも聞いたことがある。「鰻の幇間《ほうかん》」。男に騙され自分が勘定を払うはめになった太鼓持ちは、腹いせに店の女に悪態をつく。鰻の不味さ、店のぼろさ、店名を訊ね「当たり屋？　支店か？」とは、前の演目を受けての即興か。

場内は幾度も笑いの渦に。立ち見の人の話では、一之輔さんは若いながらすでに真打という。

さんざんにわかせて一之輔さんが引っ込み、さて、この後に出てくる人はたいへんだなと思っていると、小さな演台が運ばれてきた。スクリーンの名は「神田松之丞」、三十そこそこくらいの角刈りの男性が登場する。刷り物によれば二ツ目の講談師で、トリをつとめるのははじめてらしい。ほんとうにこの会、年功序列ではないのだ。

「長いです」と挑戦的に前置きし、創作「グレーゾーン」を披露する。はじまりはプロレスの暴露本の話から。偶然かどうか、今日のスタートは談奈さんの師匠の暴露話からだった。話の内容のつかず離れず具合や、さきほど述べた即興性など、俳句の取り合わせや即吟に似たものを感じる。

その先の未来

せっかくの創作、ネタバレになるので詳しくは書けないが、講談がはじめての私は知った。講談とは笑わせるだけではなく、泣かせる部分もあるものなのだと。ときおり手拭いを額に当てる松之丞さん。役の演じ分けかと思っていたが、拭うことが頻繁になり、そうでないと気づいた。熱弁のあまり額に汗が噴き出しているのだ。

ヤマ場で叫びに近い声が放たれ、場内が静まり返った瞬間、松之丞さんの瞼の奥にきらめいたのは汗か涙か。

時間を大幅に超過して、終わったのは十時二十二分。場内の明かりが点くと、隣の男性はハンカチに顔をうずめてすすり上げていた。

着席から二時間半以上。トイレに立とうとすら思わなかった。圧倒されたまま、夜も遅いホテル街へ。来たときと同じ道には看板がいよいよ怪しく光っているはずだが、呆然とした私の目には入らない。

電車に乗ってようやく我に返り、スマートフォンの電源を入れる。「しぶらく」のツイートがネット空間を飛び交っていた。「はねたなう。最高だった」「初めて生で見た講談。

面白いのはもちろん、ゾッとする瞬間がある凄さ」「落語じゃないわ！　ドラマだー。言葉失うよ」「ぬくもりを感じた。渋谷を少しは好きになった」。

古い文化が若い世代の心を動かし、その波が目の前で拡散されていくようすに、SNSを使いこなしていない私は、ここでもまた圧倒されるばかりだった。

俳句でも似たようなことが起こせないか。いや、すでに起きているのかもしれない。はじまりはあくまでもライブ。インターネットで落語や講談の動画を見たのでは、たぶん彼らはここまで心を揺さぶられることはなかったはずだ。俳句にも、人と人とが対面で座を共にしてこその興奮と楽しさがあると、そういう場に出会う前インターネット投句のみをしていた私は確信している。その興奮を新しい情報ツールで広げていった先には、どんな未来があるだろう。二時間半座りっぱなしで疲れ果てたのに、エネルギーを注入された夜だった。

玉の汗　三十歳の講談師

涼しさや寄席で大きく口を開け

厚き肩ゆすりて落とす夏羽織

落語会はねて渋谷の夏の月

噺家のしぐさをまねて缶ビール
おあとがよろしいようで。

（了）

俳句は大人の解放区――あとがきにかえて

「俳句ってはじめてみたいけど、どこへ行けばいいかわからなくて。実際問題、時間もないし……」

周囲の人からよく、そう言われます。主に働き盛りの世代です。もう少し詳しく訊ねれば、俳句は年配の人の趣味というイメージで、その人たちは時間に余裕があるだろうから、昼間の公民館あたりでゆったり楽しんでいるに違いない、「私には無理」と。

せっかく興味がありながら、時間的な制約で諦めてしまうのは惜しすぎます。

もどかしく思っていたところ、夜の吟行句会の話を西村和子さんから聞いたのは、本書のはじめに書いたとおり。月刊誌「俳句」の対談でした。いったいどこでどんなふうに楽しんでいるのか、覗いてみたい！

参加してみたら、それは新鮮な体験でした。注文の声の飛び交う居酒屋で、グラスや皿の下をかいくぐるように紙を回し、飲み放題プランの二時間内でも、工夫しだいで句会はできる。すっかり魅了され、「俳句」への連載の形で、いろんな句会におじゃましました。

歓楽街のネオンにとまどいつつも、二回目で早くも午前様、そして「外泊」とのめり込んでいき……。

途中から「夜」の位置づけが変わりました。当初は「昼間にすなる句会といふものを、夜もしてみむとてするなり」のつもりでした。が、季語には夜しか出会えぬものがあると気づいたのです。身近な代表例である月から、鵜飼、大文字、春日若宮おん祭というディープな行事まで。夜「でも」遊べるから、夜「だからこそ」遊べるへ。より積極的な価値を見出すようになったのです。

私生活における変化もありました。連載の間に父を看取って、介護を終了。私が夜遊びに消極的だったのは、もともとの性格――人付き合いよりひとりを好み、お店よりも家の方が落ち着くといった性格ゆえもありますが、介護が理由でもあった気がします。介護はきょうだいと分担していて、私は週末の当番。ただ、従来週末も仕事をしていたので、それを平日に詰め込むと、平日の夜も忙しい。まれに時間ができても、きょうだいが介護してくれているのに自分だけ遊ぶ気にはとうていなれず、「介護を支えるのは筋肉だわ」とジムへ行くのがせいぜいでした。

だから、夜遊びの句会で出会った仲間の、家族への遠慮には共感します。外で働いてはいなくても、さまざまな事情で句会に出にくい人もいる、というか、今の世の中、何の責任も負っていなくて暇たっぷりの人なんて、いないと思います。

逆に言えば、それでも参加したいのです。後ろめたさを乗り越えて、やりくりしてなんとか出られる環境を、自分で作って。

そうまでして出るのは、句会でしか得られない楽しさがあるからだと思います。そこは俗世での義務や人間関係から解き放たれた、自由な空間。歓楽街、ビル街などロケーションは俗世のまっただ中でも、「俗にありて俗を離るる」と言いましょうか。そこへの扉は誰にでも開かれていることも、句会を探訪して感じました。快く迎え入れてくださった各句会の皆様、本当にありがとうございました。

締めくくりは、お隣の異分野ともいうべき、落語です。俳句同様古くさい趣味と思われがち、かつ入口の敷居の高さが似ていますが、行ってみたらそこは、若い人中心に活気に満ちていました。

これらを機に夜遊びにめざめ、ついつい癖に……とは、なりませんでした。性格はそうすぐには変わらないらしく、従来どおり夜は家に、出かけるとしたらせいぜいジム。介護がなくなっても、ジムに行く回数が増えたくらい。

例外は、句会です。句会なら夜も出かけていきます。

「NHK俳句」収録後の句会はもはや慣習化。二本撮り終えるといい時間だし、後片づけもあるし、控え室の使える時間は限られているし、句会なんてできるかしらと毎回思いますが、できるのです！　短冊を素早く配り、席題を次々ホワイトボードに記し、局内の廊下を移動中のスタッフにはメールで送って。俳句ってほんとうに、工夫しだいでどこでも楽しめる。

句会を終えると、疲労と空腹で卒倒寸前。よれよれの状態で、近くの居酒屋へ移動します。そこでも話題は、ひたすら俳句。お酒も飲めない私ですが、ウーロン茶やノンアルコールビールをお代わりし、うなずき、かつ語り、尽きることがありません。趣味を同じくする人との時間って、ほんとうにストレスフリー。

そういう時間を私に教えてくれたのが、俳句です。俳句は心の解放区。しなければならぬこと、思うにまかせぬこと、たくさん抱えている大人に、ぜひおすすめしたい遊びです。

二〇一七年十月

岸本葉子

＊初出＝月刊「俳句」（角川文化振興財団）二〇一四年二月号〜二〇一五年七月号
原句に振り仮名がない場合でも、読みにくいと思われる語にはルビを付しました。

俳句《はいく》で夜《よ》遊《あそ》び、はじめました

二〇一七年十一月十八日　初版発行

著者　岸本葉子

発行人　鈴木　忍
発行所　朔《さく》出版
郵便番号一七三−〇〇二一
東京都板橋区弥生町四九−一二−五〇一
電話・FAX　〇三−五九二六−四三八六
振替　〇〇一四〇−〇−六七三三一五
https://www.saku-shuppan.com/

印刷製本　中央精版印刷株式会社

ISBN978-4-908978-10-4　C0095